KB043919

조선의 봄

매검향 장편소설

FUSION FANTASTIC STORY

조선의 봄 3

매검향 장편소설

초판 1쇄 찍은 날 § 2017년 3월 24일
초판 1쇄 펴낸 날 § 2017년 3월 31일

지은이 § 매검향
펴낸이 § 서경석

편집책임 § 김슬기

펴낸곳 § 도서출판 청어람
등록번호 § 제387-1999-000006호
등록일자 § 1999. 5. 31
어람번호 § 제1-2663호

주소 § 경기도 부천시 부일로 483번길 40 서경B/D 3F (우) 14640
전화 § 032-656-4452 팩스 § 032-656-4453
http://www.chungeoram.com
E-mail § chungeorambook@daum.net

ISBN 979-11-04-91248-1 04810
ISBN 979-11-04-91219-1 (세트)

조선의 봄

3

매검향 장편소설

FUSION FANTASTIC STORY

도서출판
청어람

鮮野春

조선의 봄

목차

C O N T E N T S

제1장

반격(反擊)

"광군은 몇 명이나 거느리고 있소?"

"천여 명 정도 됩니다."

"무엇을 캤지?"

"쇠이옵니다. 쇠!"

"헌데 무엇 때문에 우리의 부름에 응했소?"

"마침 광맥이 다 되어 신규 광산을 찾고 있던 중이었습니다."

"좋소. 오늘부터 나와 손잡고 석탄을 캐봅시다."

"석탄이 무엇인지 알아야……."

"그것은 내 충분히 가르쳐 줄 것이고, 철보다는 한결 캐기 쉬우니 내 뜻에 따르겠소?"

"물, 물론입니다. 하지만 그전에 결정해야 할 것이……."

"무슨 말인지 알겠소. 당신들은 어떻게 철을 나누어 가졌소?"

"고을 수령에게 1/4을 납부하고, 생산량의 1/3은 나를 따르는 광군들에게, 나머지를 가지고 물주와 우리가 나누어 가졌습니다."

"물주와의 나눔 비율은?"

"우리야 채 1/10정도밖에 차지하지 못했죠."

이를 병호가 대충 머릿속으로 계산해 보니 물주가 차지하는 비율이 채 4할이 안 되는 것을 알 수 있었다. 고개를 끄덕인 병호가 지동만에게 말했다.

"우리도 대충 그 정도로 생각하고 정확한 것은 현장을 보고 계약하는 것으로 합시다."

"알겠습니다."

"정보부장은 남병길에게 일러 호조에 신고할 서류를 준비하도록 하시오."

"무슨 서류를 말씀하시는 겁니까?"

"우리가 개발할 탄광이오. 일종의 광업권을 설정한다고 보면 되겠지. 무슨 소리냐 하면 아직 조선에서는 석탄에 대해

눈 뜬 사람이 없지만, 우리가 대대적으로 개발하는 것을 보고, 그런 곳을 찾아 자신들도 개발하고 나선다면 곤란하거든. 그러니까 석탄이 많이 매장되어 있는 곳은 우리가 미리 선점하여 개발하겠다고 호조에 신고해 놓겠다는 것이지."

"무슨 말인지 알아들었습니다. 사장님!"

"하고 이 과정에서 호조에서 딴소리를 하면 기름을 치든지 해서 꼭 설정하고, 그래도 정 안 되면 김좌근 영감께 일러 조력을 받도록."

"네."

병호는 잠시 두 사람을 나가 있게 하고 석탄이 많이 매장되어 있는 장소를 일필휘지로 써내려가기 시작했다.

[평안도 안주, 증산, 덕천, 강동, 개천, 구장, 평양, 함경도 고원, 은덕, 경흥, 회령, 종성, 영흥, 강원도 삼척, 정선 경상도 문경 탄광]

위의 지명을 보아 알 수 있듯 조선의 유명 탄전지대를 대부분 망라되어 있었다. 물론 이외에도 보은이라든지 화순 등 빠진 곳도 있었지만 큰 것은 대부분 포함되어 있으므로 나머지는 명기하지 않았다.

잠시 먹이 마를 때까지 기다린 병호는 먹물이 마르자 그것을 이파에게 넘기고 자신은 덕대 지동만과 네 명의 호위 무사 그리고 장쇠를 데리고 곧장 한강 나루터로 향했다.

곧 한강을 건너 마포나루에 당도한 병호는 곧장 마포 여각으로 향했다. 이곳에서 검계 계주 정충세를 찾았으나 만나지 못한 병호는 다음 날 아침까지 그를 이곳으로 오라고 하고, 자신은 김좌근의 집을 찾아 소개서 한 통을 그로부터 받아 챙겼다.

그리고 다음 날에는 정충세까지 합류시켜 배 한 척을 대절하여 곧장 평안도 청천강으로 향했다. 삼 일 만에 청천강 하구에 도착한 병호 일행은 이날 저녁 무렵에는 안주(安州) 고을에 들어 정충세에게 검계 계원을 소집하도록 요구했다.

이날 저녁 30명의 검계 계원들이 몰려들자 그들을 기생집에서 푸짐하게 접대하고 고을의 놀고 있는 사람들을 모집하라하니 단 하루 만에 수백 명이 모여들었다.

병호는 이들과 검계 계원들에게 지시하길 시커먼 돌이나 암갈색 돌을 산이고 들이고 찾아오라 했다. 찾는 자에게는 품삯 외에도 특별히 백 냥을 지급한다고 하니 모두 불을 켜고 산으로 들로 나갔다.

그렇게 기다리길 엿새 만에 검계 계원 하나가 병호가 묵고 있는 주막으로 들어왔다.

"이것이 혹시 찾으시는 돌이 아닌지요?"

병호가 그가 내민 암갈색 돌덩어리를 자세히 보니 틀림없는 석탄이었다. 크게 기뻐한 병호가 물었다.

"이것을 어디서 찾았소?"

"용림리 어느 밭이었습니다."

곧 그 검계 계원이 자세한 설명을 하기 시작했다.

"그 마을에 들려 혹시 주변에 시커먼 돌이나 암갈색 돌 있는 것을 못 보았느냐 했더니, 한 농부가 그 밭을 안내해 주어 찾아낸 것입니다. 그 농부의 말이 이 이 암갈색 돌 때문에 밭 농사도 안 되어 거의 버려진 땅이랍니다."

"좋소! 그곳으로 가봅시다."

이때 또 한 사람이 찾아드는데 역시 검계 계원이었다.

"이걸 한번 봐주십시오."

병호가 그가 내민 암갈색 덩어리를 보니 이것 역시 확실한 석탄괴였다.

크게 기뻐한 병호가 그에게 물었다.

"이걸 어디서 찾았소?"

"태향산에서도 남동쪽으로 한참 떨어진 입석리 낮은 산에서 찾았습니다."

"하하하! 좋소, 좋아! 우리 함께 가봅시다."

병호는 검계 계원 둘을 데리고 정충세, 덕대 지동만 및 장쇠 그리고 호위 무사 넷을 거느리고 석탄이 발견된 곳으로 향했다. 가다 보니 괜히 서둘렀나 싶었다. 안주에서도 한참을 서쪽 바닷가로 내려가도 그 위치에 이르지 못해, 중간에 주막에서 1박을 하고 가까운 입석리 야산부터 찾았다.

병호가 마침내 민둥산인 그 정상에 이르러 보니 정말 주변 일대가 암갈색으로 빛나고 있었다. 이에 병호는 그중 바로 발치에 있는 놈을 들어 만져보고 부러뜨려 보아도 틀림없는 석탄이 틀림없었다.

석탄 중에서도 갈탄(褐炭)이었다. 어찌되었든 드디어 석탄 노두(露頭)를 발견한 것이다.

"하하하!"

자신도 모르게 기쁨에 겨워 병호가 눈물까지 찔끔거리며 대소를 터뜨리니 주변 사람들 모두가 그를 이해 못해 이상한 눈으로 바라보고 있었다. 그러거나 말거나 병호는 덕대 지동만에게 말했다.

"이곳을 잘 봐두시오. 곧 대대적으로 개발할 것이니."

"네."

대답은 했으나 절대 이해를 한 표정은 아니었다. 무엇 때문에 이 쓸데없는 놈을 캐겠다는 것인지.

그러거나 말거나 병호는 일행을 휘몰아 석탄이 매장되어 있다는 용림리라는 곳으로도 향했다. 용림리는 그곳에서 한참을 서쪽으로 걸어서야 나타났고, 그곳에 도착하니 정말 밭 한가운데 암갈색 노두가 보였다.

그런데 특이한 것은 말이 밭이지 주변 일대가 대부분 밭이라고도 할 수 없는 묵은 밭이었다. 매장된 석탄 때문에 농사도 제대로 안 되는 모양이었다. 아무튼 병호는 곧 동네로 들어가 밭주인을 찾아보니 세 명의 주인이 나타났다.

"묵은 밭을 좀 파시오. 얼마면 되겠소?"

병호의 말에 세 명의 나이 지긋한 농부들이 서로 바라보더니 그중 좀 억세게 보이는 자가 말했다.

"평당 두 푼 내시오."

이 말을 들은 이곳까지 안내를 해온 안주 검계 계원이 버럭 소리를 질렀다.

"뭐가 그렇게 비싸오? 평당 두 푼이면 안주에서는 최고 좋은 밭을 골라 살 수 있는데."

그 말에 그 농부가 겸연쩍은 미소를 지으며 말했다.

"하면 한 푼 반만 내시오."

"누가 묵은 밭을 그 금액에 산단 말이오? 한 푼!"

딱 자르는 검계 계원의 말에 그 농부가 돌아서며 말했다.

"나도 그 금액에는 팔지 않겠소. 모두 돌아가시오."

"흥! 떼로 몰려다니니 무슨 좋은 수가 있는 줄 아는 모양인데, 우리도 까딱 농사도 못 짓고 그냥 묵혀야 할 판이니 좀 깎읍시다."

"그 값을 내기 전에는 절대 못 파니 어서 돌아들 가시오."

여전히 강경하게 나오는 농부 때문에 검계 계원이 곤란한 표정으로 병호를 바라보자 병호가 나섰다.

"좋다! 너희들이 그 금을 원하니 모두 쳐주겠다. 단 그 주변 땅도 그 시세에 주는 것으로 하자."

이 말에 세 사람이 눈으로 상의를 하더니 그 억센 자가 말했다.

"좋은 밭은 두 푼을 주시오."

"허, 이것들이 보자보자 하니……."

갑자기 검계 계원이 말과 함께 인상을 버럭 쓰자 세 명의 농부가 위축되어 서로를 바라보았다.

"그만!"

제지를 한 병호가 말했다.

"좋다! 그 대신 여기 몇 사람이 머물 것이니 그동안 숙식의 편의를 제공해 주는 것은 어떻겠느냐?"

"그 정도야 우리도 도와드릴 수 있죠."

"그럼, 됐다. 계약을 하자. 참, 너희들 말고 일대의 논밭을 모두 살 예정이니 땅 소유주는 모두 불러 함께 계약하는 게 좋겠다. 그 정도 편의는 봐줄 수 있겠지?"

"물론입죠."

이렇게 되어 병호는 일대의 땅 수만 평을 사들였다. 그런데 한 가지 의문이 들 것이다. 무슨 땅값이 그렇게 헐하냐고? 지금 이들이 부른 두 푼을 현대의 가격으로 환산한다면 평당

800원 꼴이다.

아무리 조선 시대라지만 밭 한 평을 평당 800원에 산다면 너무 싸다 생각할 것이다. 거기에는 다 이유가 있다. 조선 시대의 모든 땅은 '왕토사상(王土思想)'을 기본으로 한다. 즉 모든 땅이 왕의 소유이고, 이들은 단지 경작권만 빌 뿐이라는 것이다.

따라서 매매는 할 수 있으나 단지 그 경작권만 사고파는 것이고, 그 용도도 함부로 변경할 수 있는 것이 아니었다. 하지만 부패한 조선 사회에서 뇌물은 어느 것도 할 수 있는 마력이 있는 것도 사실이었으니, 이 밭을 병호는 뇌물 좀 바치고 전부 용도를 변경할 셈인 것이다.

아무튼 일대의 수만 평을 사들인 병호는 되짚어 입석리의 산과 일대 논밭의 일부분도 구매했다.

그로부터 삼 일 후.

병호는 안주 관아로 목사(牧使)를 찾아갔다. 전날 미리 김 좌근의 소개서와 함께 자신의 배첩을 디밀었던 덕에, 안주 목사 박영명(朴英明)은 지극히 그를 환대했다.

"어서 오시오? 하옥 영감은 안녕하시고?"

"네, 덕분에요."

"그래, 무슨 일로 날 보자 했소?"

"탄점(炭店)을 하나 열까 해서요."

"탄점? 철점이나 은점은 들어보았어도 탄점은 처음이오."

이에 병호가 품에 싸 간직하고 있던 작은 암갈색 덩어리를 내밀며 말했다.

"이것이 석탄이라는 놈으로 이것을 캐겠다는 말입니다."

"어디 봅시다."

석탄을 받아든 안주목사가 이리저리 살펴보더니 말했다.

"시커먼 놈이 참으로 흉측하게도 생겼군. 그래, 이걸 캐서 무엇에 쓴단 말이오?"

"용도가 다양합니다만 그냥은 어렵고 사람의 손을 거쳐야 하니 이래저래 품이 많이 드는 물건입니다."

땔감이니 해탄(骸炭) 등 다양한 용도가 있다고 하면 그의 생각이 달라질 것 같아 두루뭉술하게 답한 병호가 계속해서 말했다.

"이것을 캐서 현물로 납부하려는데 얼마를 목사님께 납부하면 될까요?"

"통상 2할에서 2할 5푼을 받는 것으로 알고 있으나, 우리가 그걸 받아 무엇에 쓴단 말이오? 용도도 모르는 놈을."

"하면 돈으로 납부할까요?"

병호의 이 말에 박영명이 반색을 하며 달려들었다.

"그래만 준다면 우리 고을로서는 참으로 좋은 일이지요."

"얼마를 드리면 될까요?"

"음… 돈으로 납부한다면 산출량의 1할 8푼까지 감해주겠소."

"목사님도 아시다시피 광산 사업이라는 것이 초기 투자 비용은 많이 들고, 생산성은 낮아 까딱 잘못하면 손해 보기 십상이니, 이를 감안해서 1할 5푼에 안 되겠습니까?"

"허, 허, 거참……!"

난처한 듯 탐스러운 수염을 쓰다듬고 있는 그를 향해 병호가 말했다.

"그렇게 해주시면 인사비는 톡톡히 챙겨 드리겠습니다. 목사님! 여기 일천 냥입니다요."

"험, 험! 굳이 이렇게까지 할 필요야……?"

"그 외에도 광산을 경영하려면 아무래도 부근의 땅을 모두 용도를 변경 해야 하니 헤아려 주셨으면 감사하겠습니다. 목사님!"

"허허, 그렇게까지 한다면 내 마다치는 않으리다."

때는 이때다 싶어 병호는 얼른 그의 앞으로 어음을 밀어놓고 급히 고개를 조아렸다.

"감사합니다. 목사님!"

"허허… 서로 상부하는 것이 인간 세상의 도리 아니겠소. 하니 하옥영감에게도 이참에 안부나 좀 전해줬으면 고맙겠소이다."

"여부가 있겠사옵니까? 반드시 전해 올리도록 하겠사옵니다."

"좋소, 좋아! 여봐라! 게 아무도 없느냐?"

"네이, 이방 대령이옵니다."

"어서 주안상 들이지 않고 무엇하느냐?"

"네, 네, 목사님!"

이방이 열두 번도 더 고개를 조아리고 물러나고 얼마 후에는 요란뻑적지근한 주안상이 들어왔다.

안주 부사와의 일이 잘 마무리 되자 병호는 곧장 바로 청천강 상류 바로 이웃한 성천진(成川鎭)으로 향했다. 지금의 행정 명으로는 개천군(价川郡)이었다. 이곳에서 병호는 안주에서와 같은 방법을 동원하여 용담리에서 품질 좋은 무연탄을 찾아냈다.

이 과정에서 하나 웃기는 것은 시커먼 돌을 찾아오라 했더니 흑연마저 가져와 흑연광마저 찾아내는 개가를 올렸다는 것이다. 아무튼 예상한 광물을 찾자 병호는 광산 예정지 주변 일대를 사들이는 한편 종삼품(從三品) 도호부사(都護府使)에게도 산출량의 1할 5푼을 맞전(현금)으로 납부하는 조건으로 고을 수령의 허가까지 득했다. 물론 이 과정에서 뇌물이 오갔음은 사실이었다.

아무튼 성천에서도 모든 것이 계획대로 이루어지자 병호는 다시 안주로 돌아와 기존 뽑았던 탐사자들과 입석리 동네 주민을 동원하여 배 두 척 분량의 석탄을 캤다.

예상한 대로 이곳의 탄은 주가 갈탄(褐炭)이나 때로 탄화가 더 진전된 역청탄(瀝靑炭)도 묻혀 있었다. 그래서 병호는 각각 갈탄 한 척, 역청탄 한 척 분량을 캐 곧바로 한양으로 향했다.

이렇게 병호가 기대 이상의 목적을 달성해 희희낙락하여 한양으로 돌아오니 예상치 못한 난관이 그를 기다리고 있었다. 돌아오자마자 병호는 호조에 신청한 광산 개발 허가가 떨어졌는지 알아보기 위해 김좌근의 집을 방문했다.

병호는 김좌근에게 문안 인사를 여쭙자마자 물었다.

"호조에 신청한 석탄광 개발권은 허락이 떨어졌습니까?"

"그것 때문에 조정에서는 한창 말이 많다."

"네? 무슨 연유로?"

"아직 조선에서는 석탄을 광물로 인정하여 허가를 내준 적이 없어 그 세율 결정에 설왕설래 말이 많은 데다, 이를 캐내는 과정에서 만약 대규모 인원이라도 동원된다면, 순조대왕 시절 홍경래 짝이 안 난다고 보장할 수 없으니, 쉽게 허락할 수 없다고 조씨 측에서 들고 일어난 때문이지."

"아⋯⋯!"

그제야 병호는 자신이 천려일실의 우를 범했다는 사실을 알았다. 비록 자신이 전생에서 많은 대체 역사 소설을 썼지만 그 작품 속에서도 조선에서 석탄광 개발은 해보지 않았다.

별장제하의 설점수세제가 바뀌어 수령수세제하에서 고을 수령에게 광물을 캐는 조건으로, 일정 비율을 현물로 납부하는 것은 알고 있었으나, 이것이 호조가 정한 일정 세율에 의해 고을 원에게 납부되고 있다는 것을 간과한 사실이었다.

기존 금은동철 등은 이미 호조의 세율이 정해져 있었으나 석탄광은 아직 허가를 내준 적이 없기 때문에 당연히 세율도 정해지지 않았던 것을 깜빡한 것이다.

게다가 현 세도를 쥐고 있는 측에서 홍경래의 난 운운하는 것은, 홍경래가 난을 일으킬 때 부하를 모집하는 과정에서, 광군을 모은다는 핑계로 군사를 모은 예가 있기 때문에 이것이 문제가 된 모양이었다.

그래도 한 가지 의문이 있어 병호가 물었다.

"하면 염전과 행궁 공사도 문제가 되어야 하지 않았습니까?"

"당시만 해도 우리 가문이 힘을 쓸 때이고 또 광작이 진행됨에 따라 소작마저 잃은 농민들이 떼로 몰려다니며 도적이 되거나, 좀 나으면 날품팔이로 전전하는 날품팔이들이 전국적으로 치면 수십만이야. 그러니까 이들을 구제하는 명분으로 모든 공사가 가능했지만 지금은 상황이 바뀌었어."

여기서 가볍게 한숨을 쉰 좌근의 말이 이어졌다.

"자네가 나의주 백사장에서 대규모 인력을 모집할 때에도 저들은 자신만만했지."

"사학토치령으로 인해 우리를 아예 결단을 낼 수 있다고 판단한 것인가요?"

"그래. 그런데 지금은 어떻게 되었어? 자네가 주요 서학쟁이들을 국외로 피신시키는 바람에 성과가 없단 말이지. 괜한 사람들만 얽어매려하나 그들이 토설을 한다 해도 주요 인물들이 없으니 초조해진거야."

"참으로 보통 일이 아니군요."

"무슨 묘안이 없겠나?"

"차라리 칼을 빨리 빼어드는 게 낫겠습니다."

"바로 반격을 하자는 말인가?"

"네!"

"아직 여건이 성숙되지 않았는데도?"

"지금까지 저들이 아무런 성과를 내지 못하고 있는 것만 해도 충분한 명분은 됩니다. 하니 차제에 우리의 전 세력을 동원하여 조만영 일파를 믿고 설쳐대는 이지연 형제를 비롯해, 금번 사학인 탄압에 가장 적극전인 조병현, 조만영의 아들부터 탄핵하는 것입니다."

"그것도 근거가 있어야 할 것 아닌가?"

"그 정도는 제가 충분히 확보해 놓았습니다. 이기연과 조병구는 부정으로 축재한 재물이 누만금이니 이를 근거로 하고, 이지연은 혼자 정권을 오로지 하며 국정은 농단했다는 구실 및, 조병현과 함께 없는 서학인을 진멸시킨다는 구실로 수시로 무고한 백성들을 탄압했다는 상소를 연명으로 올리는 것입니다."

"실질적 수괴라 할 수 있는 조만영과 조인영은?"

"그들 모두를 한꺼번에 거세하려 하다가는 일척건곤(一擲乾坤)의 큰 싸움이 될 테니, 숨통은 틔워주어야 하지 않겠습니까?"

"흐흠……!"

가볍지 않은 사안이라 김좌근이 쉽게 동조하지 않자 이내 결심을 굳힌 병호가 물었다.

"혹시 소질이 대왕대비마마를 뵐 수 없을까요? 직접 주청을 드리고 싶사옵니다."

"구실이 있어야 하지 않겠나?"

"행궁 공사 건에 대한 중간보고와 금번에 탄점을 열려고 하는 것은, 난로 등을 만들어 석탄을 연료로 사용한다면 민둥산화를 막을 수 있고, 궁극에는 해마다 커지는 홍수 피해를 예방할 수 있다는 점, 더불어 소질이 근간에 개발한 향장품 몇 가지가 있는데, 그것을 제일 먼저 대왕대비마마께 바치겠다는 구실이면 충분하지 않겠사옵니까?"

"그래? 그 정도면 충분한 구실이 되겠구먼. 언제 모든 준비를 마칠 수 있겠나?"

"사흘만 말미를 주십시오."

"그래, 그 정도면 나도 세를 규합할 수 있을 거야."

"금번 대왕대비마마의 면담에는 국구 자오(紫㠌) 종조부도 함께 찾아뵈어 힘을 보태는 것이 좋을 것 같습니다."

여기서 병호가 말한 자오는 김조근(金祖根)으로 그의 딸이 두 해 전에 당금의 주상인 헌종 비에 책봉되어, 현재는 영흥부원군(永興府院君)에 봉해져 영돈녕부사로 재직하고 있는 인물이었다.

"그래, 금번 거사가 가문의 흥망을 좌우하니 아저씨의 힘도 비는 게 낫겠지."

"그래, 다른 사안은 없고?"

"네."

"하면 모처럼 만났으니 술이나 한잔하지."

"소질도 준비할 것이 많아 다음으로 미루는 게 낫겠습니다."

"자네가 정 그렇다면 할 수 없는 일이지."

"정권을 되찾은 후에 거하게 한잔하시지요?"

"그럴까?"

"소질 이만 물러가겠습니다."

"그래, 멀리 나가지 않네."

"보중하십시오."

곧 김좌근의 집을 물러나 병호는 곧장 집으로 와 요즘의 장작 난로와 같은 그림을 전기를 시켜 그리도록 했다.

다음 날.

병호는 여느 날과 같이 새벽같이 일어나 곧장 나루터로 가 강을 건넜다. 머지않아 연구소에 도착한 병호는 야철장을 불러 난로를 주물로 제작하는 것에 대해 그림을 보여주며 한참 설명을 했다.

야철장이 모든 것을 이해한 듯하자 병호는 곧장 향장 사업부를 맡고 있는 서 직장을 불렀다. 그의 인사를 받자마자 병호가 말했다.

"연분 열 갑만 만들어주오."

"네? 그건 지난번에 중지시키지 않았습니까?"

"꼭 필요한 곳이 있으니 어쩔 수 없소."

"네."

"혹시 그새 그 장인을 내보낸 것은 아니지?"

"그럴 리가요? 솜씨가 너무 뛰어나 그 일 말고도 할 일이 얼마나 많은데요."

"그래요. 절대 그를 내보내는 일이 없도록."

"알겠습니다. 사장님!"

"하고 지난번에 내게 만들어준 향낭은 물론 사향수를 좀 더 묽게 하여 이 역시 열 개 이상 만들어주고, 아니, 우리 연구소에서 나오는 향장품은 모두 열 개 이상을 긴급으로 만들어주시오. 이틀이면 되겠지요?"

"네, 사장님!"

곧 서 직장을 내보낸 병호는 안주에서 함께 따라온 덕대 지동만을 불러 탄점을 여는데 차실이 생겨 당분간은 채탄할 수 없으니 잠시 이곳에 머물며 기다리도록 했다.

그리고 그동안 조개탄 만드는 법을 자세히 지도해 우선 작은 분량을 만들도록 했다. 이 모든 일이 끝나자 병호는 다시 한강을 건너 집으로 돌아왔다. 그리고 이파를 불러 그간 모은 정보를 확인하고 앞으로의 일을 거듭 숙의하였다.

* * *

길다면 길고 짧다면 짧은 삼 일이 훌쩍 지나갔다.

이날 아침, 병호는 일찍 준비를 마치고 김좌근의 집으로 향했다. 그가 좌근의 방을 찾아드니 벌써 손님이 내방해 있었다.

병호가 함께 등청하기를 청한 김조근이 그였다.

"소질이 아저씨를 뵙습니다."

병호가 얼른 인사를 드리자 금년 47세로 김좌근보다는 네 살 많은 김조근이 다소 창백한 안색으로 너털웃음을 지으며 말했다.

"자네가 우리 가문의 복덩이로군. 인물도 헌칠하니 잘생겼고. 게다가 지낭이라니 나이가 믿어지지 않아. 그래 준비는 다 되었고?"

"네, 아저씨!"

"하면 바로 출발하도록 하지."

"네, 아저씨!"

"준비한 물건이 있는데 잠시 저희 집에 들렀다가 가시죠?"

"그래, 그럼 얼른 준비해 출발할 수 있도록 하자고."

"네."

대답과 동시에 좌근의 방을 물러나온 병호는 곧장 집으로 가, 대기하고 있던 세 사람을 불러 마지막 점검을 했다.

이 나라 최고의 실권자를 만나러 가는데 혹여 실수라도 있을까 해서였다. 곧 장쇠의 짐을 점검해 보니 구공탄 하나 들어갈 정도 크기의 작은 난로에 조개탄 또한 갈무리하고 있었다.

이어 신용석과 강철중 두 호위 무사의 보따리도 점검해 보니 자신이 준비한 온갖 향장품이 가득했다. 모두 잘 챙겼음을 확인한 병호는 곧 대문으로 가 기다리고 있던 두 사람과 함께 궁으로 출발을 했다.

그로부터 이각 여가 지난 시간. 일행 세 사람은 대왕대비 김씨가 거처하는 경춘전(景春殿)에 도착했다. 그동안 세 사람이 든 짐은 여러 번의 검열을 거쳐야 했다.

아무튼 이들 세 사람이 경춘전에 도착해 대왕대비에게 통보를 하는 동안 병호는 새삼스러운 눈으로 경춘전을 둘러보았다. 창경궁 건물 치고는 큰 편에 속했으나 병호의 눈에는 단지 아담하게 보일 뿐이었다.

그런 이곳을 순조는 '경춘전기(景春殿記)'에서 '역대 어른들의 빛남과 흡족함이 쌓여 있는 곳이고, 왕실 자손들이 면면히 이어져 온 곳이다. 우리 동방의 억만년 쉬지 않는 아름다움이 여기서 시작되었더라. 어찌 융성하고 아름답지 않겠는가! 이 때문에 전당의 편액을 '경(景)'이라 하니, 경이란 큰 것이요, '춘(春)'이라 하니, 춘이란 장수함이다. 고금에 걸쳐 축복하는 말이다. 크지 않는 바가 없도다!' 라고 표현하였다.

아무튼 병호가 역대 이름난 왕실 어른들이 거처했던 이곳을 감회가 어린 눈으로 둘러보고 있는데 곧 대왕대비의 하명이 떨어져 일행 세 사람은 곧 전각 안으로 들어갈 수 있었다.

금년 51세의 대왕대비가 보료 위에 단정히 앉아 들어오는 세 사람을 바라보자 세 사람은 황급히 부복해 인사를 올렸다.

"존체 강녕하시옵니까? 대왕대비마마!"

"그래, 오늘은 그간 얼굴 보기가 뜸하던 영흥부원군께서도 다 오셨구려."

"네, 대왕대비마마!"

김조근이 대왕대비의 말에 급히 고개를 조아리자 그제야 김씨가 병호에게 시선을 주며 말했다.

"대사성이 말한 우리 가문의 복덩이가 저 아이인가?"

"네, 대왕대비마마!"

"참으로 영준도 하구나. 보아하니 아직 장가도 들지 않은 듯한데 지모도 뛰어나고, 세상에 없는 희한한 귀물을 많이 만들어내고 있다고?"

"그렇사옵니다, 대왕대비마마!"

답하는 김좌근은 비록 친 누님이나 왕실 제일 어른을 맞아 계속 고개가 바닥으로 향하고 있었다.

"그래, 오늘은 저 아이가 만든 특별히 진상할 물건이 있다고?"

"네, 대왕대비마마!"

답한 좌근이 눈짓으로 병호에게 채근했다. 얼른 보여 드리라고.

이에 병호는 밖으로 나가 세 명에 의해 날라진 물건들을 하나하나 경춘전 안으로 들이는데, 이미 세 명은 퇴궐을 당해

내시들의 도움을 받아야 했다.

모든 물건이 다 들어오자 단연 세 사람의 눈길을 사로잡은 것은 부피가 큰 난로와 암갈색으로 빛나는 조개 모양으로 빚어진 조개탄이었다. 여기서 조개탄은 갈탄을 그냥 조개 모양으로 뭉쳐놓은 것이 아니었다.

단독 연료로 사용하기 위해 원래는 무연탄이 좋으나 채광해 온 게 없어 갈탄에 불이 붙기 좋게 숯가루, 또 저온에서 건조시킨 역청탄 즉 일종의 해탄(骸炭: 코크스)에, 목재를 부순 것을 물로 반죽해 건조시킨 것이다.

아무튼 난로를 본 대왕대비 김씨가 병호에게 물었다.

"저것은 화로인가?"

"네, 일종의 화로이나 소인은 이를 난로라고 부르고 싶사옵니다."

"난로?"

"네. 저것에 저 암갈색의 조개 모양의 탄을 넣고 때면 화로마냥 그냥 식는 것이 아니라, 저 조개탄을 때는 한 계속 방 안 공기를 덥힐 수 있는 장점이 있사옵니다."

"하면 저 조개탄이라는 놈은 무엇으로 만들었는고?"

"소인이 우리나라 역사를 공부하던 중 신라 진평왕 시절 모지악(毛只嶽)에서 동토함산지(東吐含山址)가 불탔다는 기록을 보았고, 고려 명종 연간에도 평양의 관원이 연촌(衣淵村)에서 땅이 불타고, 매연이 끊이지 않는다고 조정에 보고한 적이 있습니다. 이는 다른 물질이 있어 그런 것일 것이라 생각하여, 소인이 지금의 평양 일대를 뒤지던 중, 그 북부인 안주에서 이 탄을 발견하여, 호조에 탄점을 열 수 있도록 주청드린 바가 있사옵니다. 대왕대비마마!"

"허허, 하면 저것이 석탄이란 말이지?"

"네, 석탄을 주성분으로 하여 좀 더 불이 쉽게 붙을 수 있도록 가공한 것으로, 저것을 대량생산하여 조선 팔도에 공급하게 되면 산림이 황폐화되는 것을 막을 수 있사옵니다. 대왕대비마마!"

"석탄이 아무래도 시탄보다는 비쌀 것 같은데 어찌 그것이 가능한가?"

"소인은 저 석탄으로 구공탄이라는 것을 만들 것입니다. 새마을 구들이라고 하여, 지금의 구들 구조가 아닌 철관이나 동관을 방바닥에 깔아, 저 구공탄으로 끓인 물을 끊임없이 순환시키는 구조로 난방을 하려고 합니다. 하면 하루 구공탄 2장으로 온종일 따뜻하게 지낼 수 있습니다. 시탄보다는 조금 비쌀 것이나 사람이 계속 붙어 앉아 불을 때는 번거로움이 없는 장점이 있사옵니다. 따라서 보다 편리함을 추구하는 백성들은 구공탄으로 시탄을 대체할 것으로 봅니다. 하고 우리 백성들의 살림이 조금 더 넉넉하게 된다면 아예 입산을 금지시켜 남벌을 막는다면, 자연스럽게 저 구공탄을 땔 수밖에 없어 산천이 온통 푸르름으로 빛날 것이옵니다. 이렇게 되면 자연적으로 홍수가 예방되어, 해마다 높아지는 한강의 하상도 평상을 유지할 것이니, 수운 교통에도 좋은 영향을 미칠 것으로 사료되옵니다. 대왕대비마마!"

"과연 이점이 많긴 많구나!"

"또한 야로소에 저 석탄을 사용한다면 보다 수준 높은 쇠를 얻을 수 있어, 무기를 만들거나 여러 품질 좋은 철제품을 만들 수도 있을 것이옵니다. 대왕대비마마!"

"그래. 이래저래 쓰임새가 많으니 탄점을 여는 것이 좋겠는데… 광세(鑛稅)를 가지고 현 조정에서는 의견이 분분하다. 허나 아녀자의 소견으로는 이를 단정할 수 없어 아직 결정을 못하고 있는 바, 자네가 보기에는 얼마의 광세가 적정하다고 보는가?"

"우리 조선의 산야에는 소나무와 참나무가 주종을 이루고 있습니다. 헌데 소나무만 해도 재목이 되기 위해서는 30년을 키워야 하고, 참나무는 40년을 키워야 합니다. 이나마도 날씨가 따뜻한 남쪽 이야기고, 저 북쪽에서는 50년을 키워야 그나마 재목으로 사용할 수 있사옵니다. 허나 지금 같은 추세로 남벌이 자행된다면 한양과 같은 대처는 물론 농촌까지도, 온 산에 나무 한 그루 남아나지 않는 민둥산이 될 것이옵니다.

따라서 이 대처법으로 구공탄이 한시라도 빨리 전 조선에 보급되어야 하는 바, 고율의 광세는 이를 가로막을 것이옵니다. 따라서 낮은 광세를 적용하되, 그렇게 하더라도 온 백성이 사용할 정도면 그 생산량 또한 어마어마할 터, 궁극에는 석탄에 매긴 광세만으로도 나라 살림의 절반은 충당하고도 남을 것이옵니다. 마치 우리 가문에서 생산하려고 하는 소금과 같이 말입니다. 대왕대비마마!"

"호호호! 참으로 말도 잘한다. 우리 가문에 어찌 저런 인재가 나타났을꼬?"

"이는 다 대왕대비마마의 홍복이 아닌가 하옵니다."

"호호호!"

김좌근이 급히 부복해 누님의 기분을 맞추는데 반해, 오늘 처음 병호를 대하는 김조근은 아직도 얼빠진 사람마냥 병호의 입만 해연히 바라보고 있었다. 아무튼 병호 때문인지 자신의 아첨(?) 때문인지 누님의 기분이 매우 좋아 보이자, 때는 이때다 싶어 급히 김좌근이 머리를 조아리며 말했다.

"누님! 왕비마마의 가례(嘉禮)도 올려야 하지 않겠사옵니까? 책봉된 지 벌써 2년이옵니다!"

주지하는 바와 같이 당금 주상 환(奐: 헌종)의 비(妃)로 김조근의 딸이 10세의 나이로 재작년에 왕비로 책봉되었으나, 아직 정식 혼례 즉 가례(嘉禮)를 올리지 않고 있음을 좌근은 지적하고 있는 것이다.

"휴, 물건이라고 할 수 있는 서학쟁이들은 하나도 잡아들이지 못하고 있는 이 어수선한 시절에, 무슨 기분이 좋아 가례를 올린단 말인가?"

"그 문제만 해도 그렇사옵니다. 대왕대비마마의 말씀처럼 주모자는 한 명도 잡아들이지 못하고 괜히 엄한 놈들만 잡아다 족치니, 그 원성이 허늘에 닿았고, 또한 오가작통법의 연좌제가 두려워 공연히 산으로 들로 떠도는 유민이 상당수라는 말을 들었습니다. 소신이 보기에 이는 다 조 대비를 정점으로 한 풍양 조씨 일가의 농간이 아닌가 하옵니다. 즉 서학쟁이들을 진멸한다는 구실로 날을 세워, 이참에 세 성한 우리 안동 김문을 전부 조정에서 찍어내고, 저희들 일파로 조정을 가득 채우려는 심산이 아닌가 하옵니다. 대왕대비마마!"

"굽어 살피시옵소서!"

김좌근의 말에 동의한다는 듯 김조근과 병호가 같이 고개를 조아릴 때, 이미 대왕대비의 아미는 성큼 올라가 있었다.

"조 대비?"

"네, 누님의 며느리 말입니다."

좌근이 아예 격장계를 쓰기로 작정을 했는지 직설화법으로 뱉자, 대왕대비 김씨의 아미가 있는 대로 찌푸려지며 말했다.

"그 앙큼한 것이 뒷전에서 조정을 한단 말인가?"

"아니면 어찌 조씨 문중과 겹사돈인 이지연만이 우의정으로 홀로 고고하며, 조씨 문중만이 시퍼렇게 날을 세워 우리 가문과 흥망을 함께하는 대신들만 골라 찍어낸단 말입니까?"

"굽어 살피시옵소서! 대왕대비마마!"

또 한 번 좌근의 말에 동조한 김조근과 병호가 머리를 조아릴 때였다. 벌써 흥분으로 호흡이 가빠진 대왕대비 김씨가 이를 애써 누르며 심각한 음성으로 말했다.

"이는 결코 심상(尋常)하지 않은 일 아닌가?"

"그렇사옵니다, 대왕대비마마!"

"그러고 보니 근래 해직된 대신들 대부분이 우리 가문과 친분이 두터운 인물들 아닌가?"

"그렇사옵니다, 대왕대비마마!"

세 사람이 일제히 고개를 조아리는데 대왕대비가 혼잣말처럼 중얼거렸다.

"나는 아직도 우리 가문이 반석 위에 앉아 있는 듯 공고한 줄 알았더니, 어느새 하나둘 잘려나가 조정의 중추에는 모두 저들 떨거지들로 가득 차 있군."

중얼거림 끝에 대왕대비가 하문했다.

"어찌하면 좋지?"

"근일 간 몇몇 대신들과 성균관 유생들을 통하여 연명 상소를 올리겠나이다. 대왕대비마마!"

좌근이 자신이 맡고 있는 성균관 유생들까지 동원하겠다고 말하는데 대왕대비 김씨는 골이 아픈지 잠시 미간을 누르고 있다가 말했다.

"그래, 그렇게 하고, 음······."

무엄하게도 병호는 그녀의 기분을 맞춰주기 위해 신속히 아뢰었다.

"소신이 몇 가지 기분 좋아지는 물건을 가지고 왔사옵니다. 대왕대비마마!"

"그래? 어떤 물건인지 볼까?"

"네, 대왕대비마마!"

곧 조심스럽게 일어난 병호는 자신이 가지고 온 향장품을 일일이 늘어놓고 설명을 하기 시작했다.

"이것은 몸의 체취를 없애주는 사향낭, 이것 또한 몸에 뿌릴 수 있는 사향수, 이것은 난향, 이것은 침향, 이것은 박가분, 아니, 우리 김문에서 만들었으니 김가 분이라는 백분으로, 착색하기 쉽고 바르면 바를수록 얼굴이 희어집니다."

"뭐라고 얼굴이 희어져?"

"네, 대왕대비마마!"

반색한 그녀가 되풀이 해 물었다.

"정말 그런가?"

"틀림없사옵니다. 대왕대비마마!"

비록 51세의 과부이나 얼굴이 희어진다는 말에는 귀가 번쩍 뜨이는지 몇 번을 확인하던 대왕대비 김씨가 갑자기 교소를 터뜨리며 말했다.

"호호호! 요즘 나이가 드는지 자꾸 얼굴에 잡티가 생기는데 이를 가릴 수도 있겠구나?"

"물론이옵니다. 대왕대비마마!"

"그래, 또 무슨 물건이 있는고?"

"이것은 마늘에 꿀을 섞어 만든 제품(팩)으로, 얼굴에 골고루 펴 발랐다가 2각 후 세안을 하시면, 점차 얼굴이 희어지고 기미, 주근깨가 제거되는 효능 외에도 피부의 탄력을 잃지 않사옵니다. 하고 윤안향밀(潤顏香蜜)이라는 이것은 꿀 찌꺼기에 각종 향을 가미한 것으로서, 얼굴에 윤기를 나게 하는 것으로 노화 피부에 영양을 공급하는 향장품(영양 크림)이옵니다."

"호, 이거야말로 궁중이나 여염집 아낙네들이나, 가릴 것 없이 좋아할 물건 천지로구나!"

"뿐만 아니옵니다. 이것은 세안 후에 얼굴과 목, 손, 팔 등에 발라 살갗을 희고 부드럽게 하는 동시에, 화장을 잘 받게 하기 위해서 사용하는 미안수(美顏水)로, 여러 실험을 한 결과 여러 미안수 중에서 오이와 수세미로 만든 미안수의 효과가 가장 큰 바, 소신은 이를 눈꽃처럼 흰 피부를 만든다고 하여 '설화수(雪花水)'라 명명하였사옵니다. 대왕대비마마!"

"호호호! 여인들이 들으면 모두 안 사고는 못 배길 말만 제 품이고, 그런 말만 골라하는구나!"

"실제로도 그런 효험이 있사옵니다."

"그래, 더 있는고?"

"이것은 주사로 만든 연지이나 주사 자체가 인체에 미치는 영향이 큰 지라 그 해독을 완화하기 위해, 곱돌 가루와 조개 껍질을 보다 더 첨가한 신제품으로, 그 효과에는 큰 차이가 없는 걸로 아뢰옵나이다."

"호호호… 참 나……! 더 있느냐?"

"이것은 조두(澡豆)를 대신하여 씻는 비루(飛陋: 더러움을 날 아가게 한다는 뜻으로 비누의 옛날 말)로, 중국에서 사용하는 석 감(石鹼)보다도 그 효능이 월등합니다. 쇠기름이 주이니 사람 의 몸에도 해롭지 않사옵니다."

"호호호……!"

"이것은 머릿기름, 이것은 머리를 감을 때 쓰는 샴푸… 아 니, 머리용 비루, 그리고 가장 중요한 물건이 하나 남았습니다. 칫솔과 치분이라고, 수부수하실 때(양치질) 사용하시면, 치아 가 희어지는 것은 물론 치아가 상하는 것을 예방할 수도 있사 오니, 주상전하와 대왕대비마마 이하 온 백성이 두루 사용했 으면 하는 바람으로 만들었나이다. 대왕대비마마!"

칫솔과 치분이 대미를 장식하는 화룡점정이 되어 대왕대비의 기분을 더 없이 유쾌하게 하였다.

"호호호! 세상에 없는 귀물들을 많이 만들어냈지만, 귀물 중에 귀물(貴物)의 으뜸은 누구라고?"

"병호라 하옵니다."

"그래, 그래, 우리 병호가 으뜸이야!"

"성은이 망극하옵니다! 대왕대비마마!"

"호호호!"

대왕대비의 극찬에 당황한 병호가 임금에게나 쓸 수 있는 '성은(聖恩)'이라는 말까지 주워 담자, 세 사람은 비로소 그의 나이가 보이는지 대왕대비가 큰 교소를 터뜨리는 것은 물론, 두 사람도 빙긋이 웃음 지었다.

화기애애한 분위기를 더욱 끌어올리기 위해 병호가 대왕대비 전에 고했다.

"대왕대비마마! 난로를 제외한 향장품은 모두 백 개씩을 가져왔으니 주상전하와 대왕대비마마께서 먼저 취하시고, 나머지는 대신들이나 총애하는 궁녀들에게도 은총을 내리시면 좋겠나이다."

"호호호… 배포도 크구나! 백 개씩이나 가져오고. 그래, 족질에게 선물을 받았으니 의당 웃어른으로서 선물을 내려야겠으니, 원하는 것이 있으면 이참에 말해 보거라!"

"사탕(私帑)을 원하옵니다. 대왕대비마마!"

"뭣이라고?"

임금의 사유재산을 달라니 대왕대비가 놀라 펄쩍 뛰는 것은 물론 김좌근과 조근도 놀랄 대로 놀라 안색이 창백해졌다. 이를 본 병호가 신속히 고했다.

"소신이 이와 같은 귀물을 많이 발명하였으나 자본이 부족하여 공장을 세우지 못하고 있나이다. 하여 궁중의 내탕을 제게 주시면, 그 돈으로 공장을 지어 수많은 날품팔이와 유민을 구제함은 물론, 왕실에도 식재(殖財)하여 드리면 서로 이익이 아니겠사옵니까?"

"허허, 정말 배포 한번 큰 아이로구나!"

대왕대비의 태연한 응대에 좌근과 조근이 가슴을 쓸어내리는데 병호가 또 신속히 고했다.

"소신이 마포에도 여각을 운영하고 있는 바, 아침저녁이면 하루 벌어 하루 먹고사는 날품팔이꾼들이 수도 없이 들어와 밥을 사먹곤 합니다. 또 우리 김문에서 대규모 염전을 조성하고 행궁 등을 짓는 공사에 동원한 역부가 자그마치 10만이나 되다 보니, 풀숲에 숨었던 도적도 우리 공사장의 임노동자가 되었고, 떠돌이 유민 또한 우리 공사판으로 와 밥을 빌어먹고 있는 것으로 알고 있사옵니다. 이는 자품(資稟)이 어지신 대왕대비마마와 주상전하의 성총인 바 경하드릴 일이옵고, 소신이를 더욱 받들어 백성들에게 그 은혜를 널리 알리려고 함이니 굽어 살피시옵소서! 대왕대비마마!"

"그 말이 사실이냐?"

"틀림없이 왕실 재산을 불려드릴 것입니다. 단지 장리(長利: 연 50%의 이자)와 같이 고율로 드릴 수는 없지만, 틀림없이 2할 이상의 이차(利差)는 드릴 수 있을 것이옵니다!"

"어떻게?"

"소신의 생각은 이렇사옵니다. 왕실의 내탕이 저의 보(寶: 일종의 금융 조직)에 들어왔다 하면, 이것이 외획(外劃)과 같은 기능을 하여, 모두 믿고 안전한 이차를 원하는 자는 소신의 보에 맡길 것이옵니다. 하면 소신은 이 자본을 가지고 좀 전에 말씀드린 바 있는 광산이나 지금 소신이 개발해 온 향장품, 여타 수많은 발명품을 생산할 공장을 세울 것입니다. 또 이 공장에서 나오는 산품이 조선 팔도를 누벼 돈이 되어 들어오면, 그 돈으로 의당 사탕 및 보에 투자한 분들의 이차도 지급할 것이고, 이 신뢰로 인해 더 많은 돈이 들어오면, 이는 광작 등으로 인해 일거리 없어 떠도는 불순한 무리들에게 일자리를 제공하는 순기능을 하리라 봅니다. 따라서 이는 사탕 하나로 출발한 것이 온 조선 팔도에 큰 은혜를 내리는 감로수가될 것이오니, 굽어 살피시옵소서!"

여기서 병호가 말한 외획(外劃)이라는 것은 중앙관서의 보증을 말하는 것으로, 이에 의해 지방관서에서 징수한 세금을 대부받아 지방의 물품을 구입하고, 이 물품을 한양에서 판매하여 중앙관서에 대금을 납부하는 것으로, 이는 오늘날의 환송금과 같은 기능을 말한다.

"호호호! 참으로 나이 어린 것이 아깝구나! 호패라도 하나 찾으면 큰 벼슬이라도 하나 내리고 싶구나!"

대왕대비의 말을 들은 김좌근이 은근한 어조로 물었다.

"누님, 정말 내탕을 내주시려고요?"

"전부는 아니지만 저 아이를 믿고, 밑져야 본전이라는 심정으로 투자를 한번 해보려 한다. 최 상궁!"

"네, 대왕대비마마!"

대왕대비의 호령에 문 밖에 대기하고 있는 김씨를 모시는 최고위직 상궁인 최씨가 급히 문을 열고 들어와 고개를 조아렸다.

"아이들 시켜 주상전하와 내수사(內需司) 전수(典需: 정5품으로 내수사 최고위직) 내관을 들라하라!"

"네, 대왕대비마마!"

자신의 뜻대로 되어가자 내심 기쁨을 감추지 못한 병호였지만 더 뜯어내기 위해 급히 부복해 아뢰었다.

"꼭 맞전이 아니더라도 되옵니다. 대왕대비마마! 쌀이나 피륙 등의 현물이나 전답 또는 산택까지 모두 가능하옵니다. 이를 담보로 환전하거나 어음을 발행할 수도 있으니까요."

"아주 철저히 챙기려 드는구나! 호호호… 영악함도 있어 좋았어! 아무렴, 장사를 하려면 제대로 해야지."

사람이 한 번 좋게 보자 끝없이 좋게 보이는지 대왕대비는 연신 칭찬을 쏟아내기 바빴다.

막간을 이용하여 김좌근이 화제를 전환했다.

"왕비의 가례는 어찌 하시렵니까?"

"글쎄! 음……!"

"더위도 물러간 올 가을이면 어떻겠사옵니까?"

김조근의 말에 대왕대비가 그를 놀리는 투로 물었다.

"영흥부원군도 몸은 다는가 보죠? 호호호……!"

"가례를 못 올리고 있으니 물가에 내놓은 것 같이 조마조마한 심정이옵니다. 대왕대비마마!"

"부모 마음이야 다 그렇지요. 에효! 불효막심한 놈 같으니라고!"

자식 이야기가 나오니 갑자기 먼저 간 효명세자를 생각하는지 깊은 한숨을 들이쉬고 내쉬며 침울한 표정을 짓는 대왕대비 김씨였다.

이때였다. 전각 밖에서 큰 소리가 들려온 것은.

"주상전하, 납시오~!"

내관의 길게 끄는 목소리가 들려오자 대왕대비가 급히 표정을 수습하며 황급히 결론을 지었다.

"주상과 의논은 해야 하겠지만 가급적 올 가을에는 가례를 올리는 것으로 합시다."

"성은이 망극하옵니다, 대왕대비마마!"

이때 열세 살 어린 주상 환이 전각 문을 열고 들어와 말했다.

"불러 계시옵니까? 할마마마!"

"오, 우리 주상! 어서 오시오!"

손자를 보는 것만으로 힘이 나는지 할미 김씨가 자리에서 벌떡 일어나 자신이 앉은 자리를 권했다.

"이리 앉으세요, 주상!"

"감히……! 소손 더 불편하옵니다."

"호호호… 그래요? 이제 보니 주상도 많이 장성하셨구료."

이 말에 병호와 동갑내기 주상이 쑥스러운 듯 살짝 용안을 붉히며 말했다.

"별말씀을……!"

이때 또 문 밖에서 고하는 소리가 들려왔다.

"전수내관 등대하였나이다. 대왕대비마마!"

"오, 들어오라 하세요!"

"네, 대왕대비마마!"

곧 문이 열리며 50대 초반의 내시가 내시 특유의 자세와 걸음걸이로 들어와 고했다.

"소신 부름을 받고 등대하였나이다. 대왕대비마마!"

"거기 앉도록."

"네, 대왕대비마마!"

전수내관이자 전(金)씨 성의 내관이 말석에 자리를 잡고 앉자, 시선을 주상에게 돌린 대왕대비가 병호를 턱으로 가리키며 물었다.

"주상도 저 아이는 처음 보죠?"

이에 병호가 황급히 주상 환 앞에 부복해 고했다.

"소신 김병호 주상전하께 문후 여쭈옵니다."

병호를 자세히 뜯어보던 주상이 물었다.

"몇 살인고?"

"금년 열세 살이옵니다. 전하!"

"과인과 동갑이구나."

"그렇소. 동무 삼으면 많이 유익할 것이오."

대왕대비의 말에 주상이 고개를 끄덕이며 말했다.

"알겠사옵니다. 할마마마!"

"폐일언하고, 전 내관!"

"네, 대왕대비마마!"

"내탕이 얼마나 되는고?"

내탕(內帑)이나 사탕(私帑)이나 임금의 개인 재산을 가리키는 것이니 다 비슷비슷한 말이다.

"전답 및 소택 등 돈으로 헤아릴 수 없는 것이 많아 숫자로 환산하기에는……."

"몇 백만 냥은 충분히 되지?"

"물, 물론이옵니다. 대왕대비마마!"

"그중 일백만 냥 어치를 각각 현물 반, 전답 반으로 저 아이에게 내주도록!"

이에 주상이 깜짝 놀라 물었다.

"할마마마, 갑자기 그게 무슨……?"

"내 주상과 먼저 상의하는 것이 도리이나, 저 아이가 보(寶)를 하나 만든다 하기에 출자를 하기로 했소. 주상도 저 아이의 재주를 보면 매우 놀랄 것이오. 여기 가득 쌓인 것이 저 아이가 만든 물건으로, 이와 같은 산품을 만들어 가엾은 백성들을 구제하고, 연 2할의 이차 지급까지 약속했으니 한번 투자를 해봅시다."

"어안이 벙벙하지만 할마마마의 뜻이라면 소손 따르겠사옵니다."

"호호호… 참으로 효성이 지극도 하시지. 올 가을에는 가례도 올려야죠?"

"네? 그건……!"

"중전으로 간택을 했으면 차일피일 시간 끌지 말고 들이는 것이 피차 도리 아니겠소?"

"그 역시, 소손 할마마마의 뜻에 따를 뿐이옵니다."

"호호호… 그래요? 지금과 같이 장성하면 올 한 해가 넘어가기 전, 이 늙은 할미는 주렴을 걷고 뒷전으로 물러나리니, 열심히 배우고 익혀 주세요."

"그건 안 되옵니다. 할마마마! 소손 아직 어리거니와……."

"그만!"

엄혹한 할미의 말에 깜짝 놀란 주상이 입을 닫자 그것이 미안했던지, 대왕대비가 표정을 풀며 한결 온화한 목소리로 말했다.

"이 할미 더 늦기 전에 손도 보고 싶고, 내 생전에 온 나라 백성이 두루 편하고, 배 두드리며 격양가(擊壤歌) 부르는 세상을 꼭 보고 싶소. 이 할미 말뜻 알지요?"

"네, 할마마마!"

"자, 모처럼 가문의 일가붙이를 만나 매우 흡족하거니와, 주상 전하를 모시고 중참은 시간상 못하더라도, 주안상이라도 내오도록 해라!"

"네이, 대왕대비마마!"

"성은이 망극하옵니다. 대왕대비마마!"

세 사람이 급히 부복해 사은하는데 대왕대비가 주상을 보고 말했다.

"저 아이가 가져온 선물을 이 할미의 몫으로 하나씩만 남기고, 대신들이나 내관 궁녀들에게 두루 나눠주도록 하세요."

"알겠사옵니다. 할마마마!"

"저 아이의 선물을 보면 특히 여인들이 좋아할 것이니, 이참에 궁녀들이나 장차 중전에게도 점수를 따도록!"

"네, 할마마마!"

"전 내관은 그만 나가 보세요!"

"네, 대왕대비마마!"

곧 전수 내관이 절하고 물러가자 시선을 병호에게 돌린 대왕대비가 말했다.

"주안상이 들어오기 전에 족질이 주상전하께 저 선물의 용도를 일일이 설명해 드리고, 보에 대한 이야기도 들려드려 근심함이 없도록 해라."

"네, 대왕대비마마!"

곧 병호가 자리에서 일어나 칫솔과 치분을 집는 것 같더니 그에 대한 설명을 하기 시작했다. 이렇게 일각이 지나 병호가 보에 대한 설명까지 마칠 쯤에 주안상이 들어왔고, 이후 주상 포함 다섯 사람은 술을 들며 정치 현안에 대해서도 논의를 거듭했다.

그렇게 한 시진이 지나 모두 인사를 드리고 일어서는데 주상 환이 병호를 보고 말했다.

"경은 잠시 더 지체하여 과인과 몇 마디 더 나누고 가도록 하라!"

"네, 전하!"

이에 두 사람이 먼저 나가고 병호 혼자 남게 되자 주상이
병호에게 말했다.

"대왕대비마마 면전은 어려울 수 있으니, 자리를 옮기도록
하자."

이 말에 대왕대비 김씨가 서운한 표정을 감추지 못하고 주
상에게 물었다.

"주상도 이 할미가 어려운 것이오?"

"아, 아니옵니다. 절대 그렇지 않으니 오해 마시옵소서! 할마
마마!"

"호호호……!"

강한 부정은 긍정이라고 능구렁이 대신들도 훌륭히 통제하
는 대왕대비가 어찌 그 속을 모르랴. 끝내 웃음을 참지 못하
고 주상을 보내는 할미의 입가에는 은근한 웃음이 맺혀 있었
다.

희정당으로 자리를 옮긴 주상 환이 병호를 보고 말했다.

"참으로 경의 재주가 신묘하구나! 그 재주는 어디서 기인하
는고?"

말투부터 어른스러움을 나타내려 애쓰는 어린 주상을 보

고 병호로서는 내심 웃음이 비집어 나왔으나 겉으로는 전혀 이를 드러내지 않고 말했다.

"어릴 때부터 가문에 있는 실용학 문서를 많이 접하고 역사 공부를 많이 한 덕이 아닌가합니다. 전하!"

"실용학 문서?"

"네, 전하! 외국 문물을 많이 담은 중국이나 조선의 실학자들이 쓴 책들이옵니다!"

"음… 그런데 왜 과인에게는 그런 학문을 전혀 가르쳐 주지 않을까?"

"나무도 다 용처가 있는 것과 같은 이치가 아닌가 하옵니다. 전하! 대들보로 쓰일 재목이 있는가 하면 서까래로 쓰일 재목이 있는 것과 같이, 군주로서는 그런 세세한 학문보다는 세상을 경영할 학문이 더 적합하지 않겠사옵니까?"

"경의 말이 맞다. 그렇지만 경이 부럽기도 하다. 읽고 싶은 서책을 마음대로 읽을 수 있고, 가고 싶은 곳이 있으면 자유분방하게 어느 곳이든 갈 수 있을 것 아닌가?"

"사물에는 항상 양면이 있는 것 같사옵니다. 마치 동전(銅錢)이 앞과 뒤가 다른 것처럼, 전하께옵서는 소신과 같은 자유분방함은 없지만, 조선의 온갖 것을 좌지우지할 수 있는 지위에 계시지 않사옵니까? 하니……."

"좌지우지? 후후후!"

"험, 험……!"

자조적인 웃음을 짓던 주상 환은 초면에 너무 자신의 속내를 드러내는 것을 인지했는지 얼른 표정을 수습하고 병호에게 물었다.

"경이 알다시피 과인의 주변에는 할마마마 연배의 노 대신이나 최소 선왕 같은 연배의 인물들뿐이다. 따라서 과인이 군왕이라 하나 처신하기도 어렵고, 식견 또한 그들에 미칠 바가 못 된다. 하니 과인으로서는 어떻게 처신하는 것이 가장 옳다고 보는가?"

"겸허한 자세로 무조건 많이 듣고, 숙고 끝에 결론을 내리는 것이 가장 현명한 방법이 아닌가 하옵니다."

"역시 발명의 재주뿐만 아니라 정치적 식견 또한 뛰어나구나! 경이 좀 더 자라면 음사(蔭仕)라도 과인의 곁에 둘 것인즉, 보다 부지런히 학문을 익혀 충실히 과인을 보필해 주었으면 좋겠다."

"성은이 망극하옵니다! 전하!"

병호가 깊숙이 고개를 조아리고 채 고개를 들기도 전에 주상 환의 이야기가 이어지고 있었다.

"하고 과인의 곁에는 속내를 털어놓고 이야기할 사람 하나 없으니, 할마마마의 말씀처럼 우리 서로 동무삼아 지내며, 과인의 시선으로 매사를 바라보며 지금과 같이 유익한 말을 많이 들려주었으면 좋겠다. 고로 수시로 궁에 들어온다 해도 과인으로서는 언제든 환영할 것이야."

"궁에 아무나 무시로 드나들 수 있는 것이 아닌즉……."

"하하하! 그것은 걱정 말아라! 연산 시절에는 자신의 사냥터를 만들어 사방 100리를 통행 금지시키고, 이를 드나들며 관리하기 위한 금표(禁標) 통행패를 100개나 만들었다 하는데, 과인은 현명한 신하의 조언을 듣기 위해 딱 한 개만 만들 것이니, 이 또한 좋은 일 아니더냐?"

"성은이 망극하옵니다! 전하!"

"김 상선, 게 있느냐?"

"네, 전하!"

주상의 부름에 귀밑머리가 하얀 노 내관이 문을 열고 들어와 즉시 허리를 굽혔다.

"즉시 금궁(禁宮)의 통행표 하나를 만들어 오도록!"

"통행패를 만드는 일은 아무래도 시일이 걸리는 일이오니, 금방 만들어 온다는 것은 쉽지 않은 일 같사옵니다. 전하!"

"그래? 그렇다면 과인이 부르는 대로 비단에 써서 가져오너라! 일단 '무시(無時) 통행(通行) 허(許)'라고 쓰고, 그 밑에는 오늘의 날짜를 적도록. 그리고 어새(御璽)를 찍어 오도록. 이건 금방 될 수 있지?"

"네, 전하!"

김 상선이라는 자가 허리 굽혀 절하고 나가자 여유로운 웃음을 지은 주상 환이 병호에게 물었다.

　　"요즘 시중 백성들의 삶은 어떠한가?"

　　"태평성대라 아뢰고 싶사오나, 실상은 수리 시설의 발달로 광작이 성행함에 따라, 소작도 얻지 못한 많은 백성들이 산으로 들로 떠돌거나, 심지어는 저 연해주로 달아나는 자들도 있는 형편이옵니다. 소신 이를 안타깝게 여겨 염전과 행궁 공사로 십만의 일자리를 제공했사오나 더 많은 일자리가 필요한 실정이옵니다, 전하!"

　　"흐흠… 입만 열면 매사 잘 돌아가는 듯하더니 그것도 아닌 모양이로구나!"

　　"매사 정직하게 고할 신하가 필요한 것 같사옵니다, 전하!"

　　"그래서 경을 택하지 않았느냐? 하하하……!"

　　"성은이 망극하옵니다! 전하!"

　　"하나만 더 묻자."

　　"하문하시옵소서! 전하!"

　　"척사윤음을 반포하고 오가작통법까지 엄히 세웠으나, 그 주모자들은 하나도 잡아들이지 못하고, 연일 엄한 백성들만 고초를 당하는 것 같다. 경은 이를 어찌 생각하느냐?"

　　"소신이 보기에는 그것은 표면의 명분일 뿐, 실상은 가장 눈에 거슬리는 당금 최대 벌열 가문을 이 기회에 찍어내고, 자신들이 조정을 오로지 하기 위한 술수가 아닌가 하옵니다. 이는 소신의 입장에서 본 편견일 수도 있겠사오나, 소신 확신하건데 사관의 기록도 크게 다를지 않을 것으로 생각하고 있사옵니다. 전하!"

"흐흠……!"

한동안 생각에 잠겼던 주상 환이 입을 떼었다.

"확실히 경의 말대로 사물에는 양면성이 있어. 경의 말을 들어보니 저들이 그런 술수를 자행할 수도 있다는 생각이 들어. 방법은?"

"두루 탕평하되, 유능한 신하들을 가려 쓰는 것이옵니다. 전하!"

"흐흠… 옳은 말이나 아직은 과인이 마음대로 할 수 있는 일이 아니야. 하지만 경의 말만은 가슴에 새기도록 하지."

"성은이 망극하옵니다! 전하!"

이때였다. 전각 밖에서 김 상선의 고하는 목소리가 들려온 것은.

"전하! 만들어왔나이다!"

"들라 하라!"

"네이, 전하!"

곧 문이 열리며 예의 김 상선이 두 손을 높이 들어 하나의 작은 두루마리를 주상에게 올렸다. 이를 즉시 받아든 주상이 그것을 한 번 읽어보더니 고개를 끄덕이며 병호에게 말했다.

"받거라!"

"성은이 망극하옵니다! 전하!"

병호가 두 손을 높이 들어 작은 두루마리를 받아 소중히 품에 간직하자 주상이 말했다.

"한 번은 읽어보고 넣는 것이 옳지 않겠느냐?"

"네, 전하!"

주상의 말에 따라 병호가 다시 품속에서 단자(單子)를 꺼내 읽어보니 다음과 같이 쓰여 있었다.

[무시통행(無時通行) 허(許)

도광(道光) 십구(十九) 칠월(七月) 갑오(甲午)]

그리고 왕의 옥새가 붉은 주사에 의해 선명하게 찍혀 있었다.

"어떠냐?"

"뜻을 몰라 소신을 가로막을 사람은 없을 것 같사옵니다. 전하!"

"하하하! 그렇지?"

"네, 전하!"

"좋다! 좋은 선물을 받은 기념으로, 과인에게 충고해 줄 말은 없는가?"

"신이 어찌……."

"사양 말고 말하라!"

"척 뵙기에도 옥체가 강건한 편은 아니신 것 같사옵니다. 무엇보다 우선해 옥체를 보중하심이 제일이 아닌가 하옵니다. 전하!"

"알았다."

스물세 살 젊디젊은 나이에 요절하는 그를 위해서는 이보다 더 긴요한 충고가 없을 것이라 생각한 조언이었지만, 그리 가슴에 와 닿는 충고는 아닌 것 같았다.

이때 대전 밖에서 조용히 고하는 김 상선의 목소리가 들려왔다.

"우상 대감입시옵니다. 전하!"

"그래? 들라하라!"

"네이, 전하!"

상황이 이렇게 되자 주상 환이 병호에게 말했다.

"보아하니 오늘은 여기서 끝내야 할 것 같구나! 아쉽지만 다음을 기약하기로 하고 오늘은 이만 작별을 고해야겠다."

"성은이 망극하옵니다! 전하!"

다시 한 번 주상께 사은하고 자리를 물러나온 병호는, 전각 밖에 서서 오늘따라 유난히 푸른 하늘을 새삼 바라보곤 서둘러 궁을 빠져나왔다.

퇴궐하여 곧장 김좌근의 집으로 찾아간 병호는 기다리고

있던 김조근, 좌근과 함께 조씨 일문을 칠 세세한 계책을 논의했다.

*   *   *

그로부터 오일 후.

조정은 온통 난리가 났다.

공조판서 박기수(朴綺壽)의 탄핵을 시작으로, 중비(中批)로 삼 일 전 사간원 대사간이 된 민영훈(閔永勳), 사헌부 대사헌 김우명(金遇明)이 연명으로 조씨 일문 및 이지연 형제의 탄핵 상소가 올라온 것이다.

그 뒤로도 이조참판 이경재(李景在), 형조참판 홍경모(洪敬謨), 공조참판 박영원(朴永元), 성균관 직제학 김홍근(金弘根) 등의 탄핵 상소가 연이어 올라왔다.

이외에도 이익회(李翊會), 박종길(朴宗吉), 이광정(李光正), 이약우(李若愚) 등의 탄핵 상소가 계속되는 속에서, 백미는 성균관 대사성 김좌근의 조종을 받은 성균관 유생들이 연좌 상소를 행하며 권당(捲堂)까지 불사하겠다고 나서니, 대왕대비도 이쯤에서는 못 이기는 척 일대 쇄신을 단행했다.

주상전하의 교지를 빈 대왕대비의 뜻은 단호했다. 먼저 외견상 홀로 재상 지위에 앉아 정권을 오로지한 우의정 이지연을, 국정을 농단하고 있지도 않은 서학인들을 탄압했으며, 민생을 피폐케 한 죄목으로 함경도 명천에 유배 보냈다.

이어 시임 예조판서이며 이지연의 동생 이기연이 부정축재 및 탐학하다는 죄명으로 제주도 대정현에 위리안치의 형벌이 가해졌다. 뒤를 이어 형조판서로 서학 탄압의 선봉에 선 조병현 역시 같은 혐의로 전라도 진도로 유배되었다. 또 조만영의 아들 조병구가 같은 혐의로 전라도 강진으로 유배되었다.

그러나 풍양 조씨 가문의 좌장(座長)이고 핵심 인물로서, 자신은 현직(顯職)을 사양하고 뒤에서 왕세자나 유주(幼主: 헌종)의 신변 보호와 왕실 안전을 명분으로 각 군영의 대장직을 차례로 역임하며, 오랫동안 군사권을 장악하여 조씨 세도의 군사적 배경을 이룬 조만영만은, 효명세자의 장인이라는 신분을 감안하여 삭직하는 것으로 처분이 마무리가 되었다.

이렇게 조씨 일문의 모든 사람들이 최소 삭직에서 유배에 이르기까지 모두 처벌을 면치 못했으나, 조만영의 동생으로 실세의 한 사람이었던 조인영만은 어떠한 처벌도 받지 않았고 탄핵당하지도 않았다.

이를 기획한 사람이 병호였기 때문에 그와 김정희의 친분을 감안한 조처를 했던 것이다. 아무튼 이로 인해 새로운 인물들로 조정이 채워졌다. 그 면면을 살펴보면 다음과 같았다.

영의정에 시임 평양감사인 김난순(金蘭淳)이 안동 김문의 제일 어른으로서 선임이 되었고, 좌의정에는 저들의 탄압에 의해 한 때 자리에서 물러났던 정원용(鄭元容)이 임명되었다.

또 우의정에는 마음이 정직하고 처사에 신중했으며 왕을 잘 보필하고 백성들을 돌보아 당대에 신망이 높고, 기회 있을 때마다 무능한 관리를 제거하고 임금의 향락을 경계한 발언을 자주한 박회수(朴晦壽)가, 반남 박씨를 대표하여 임명되었다.

그리고 육조판서에는 인사의 실권을 쥐기 위해 김좌근이 직접 이조판서에 올랐고, 호조판서에는 금번 탄핵에도 가담한 안동 김문의 김흥근이, 예조판서에는 현재도 집이 비바람을 가릴 수 없을 정도로 가난하게 살고 있고, 순조시절 청백리에 녹선 된 바 있는 서기순(徐箕淳)이 임명되었다.

또 병조판서에는 금번 탄핵에도 가담한 바 있는 이약우가 임명되었다. 그는 사류(士類)의 추앙을 받아 청요직을 두루 편력한 인물로. 문장에 뛰어나고 그의 상소문은 명문으로 유명하였으며, 문사(文詞)는 스스로 일가를 이루었다는 평을 듣고 있는 인물이었다.

이밖에 형조판서에는 김정희의 친구 권돈인이, 공조판서에는 처벌을 면한 조인영이 임명되어 그나마 조씨 일문의 세를 유지토록 했다. 그리고 사간원 대사간에는 탄핵에 앞장선 민영훈이 그대로 유임되었고, 또 사헌부 대사헌에는 금번 탄핵의 선봉으로 맹활약한 김우명 또한 유임되었다.

또 금번 탄핵정국을 뒤에서 주도한 인물 중의 하나인 김조근이 어영대장 및 금위대장이 되어 군권을 장악하였다. 헌종의 장인으로서 당금 주상을 보위한다는 명목이었다.

제2장

태동(胎動)

이밖에 도승지에 김흥근(金興根)이 임명되었다. 이 사람 역시 안동 김문의 일원으로서 김홍근의 친아우이기도 했다. 이밖에 김좌근의 후임으로 성균관 대사성에는 금번 탄핵에도 참여한 바 있는 이경재가 올랐고, 김난순의 후임으로 평양감사에는 이광정 등 탄핵에 참여한 인물들이 외방의 주요 관직에 올랐다.

　이렇게 안동 김문에서 조정을 틀어쥐고 나서 제일 먼저 혜택을 본 사람은 역시 병호였다. 그가 호조에 제출한 탄점 개발권이 모두 인정됨은 물론 광세도 1할 5푼으로 낮게 책정되었기 때문이었다.

그리고 이번 거사(?)가 조야를 떠들썩하게 하는 가운데 제일 먼저 반응한 것은 의외로 경상 경쾌순이었다. 이자야말로 병호가 한양으로 올라와 얼마 안 되어서부터 그 소재를 파악하도록 한 인물로, 정보부장 이파는 그동안 이자를 밀착 감시해 상당한 약점을 잡아낸 상태였다.

왜 이자에게 병호가 처음부터 그런 짓을 했느냐 하면, 이자는 강경에 있는 장인이 한양으로 처음 어물을 싣고 올 때부터 농간을 부려, 그의 어물을 헐값에 매입하려던 경력이 있어, 장인의 부탁을 받고 보복을 하기 위해 철저한 준비를 하고 있었던 것이다.

아무튼 어떻게 알았는지 이자가 이파를 찾아와 전의 일을 싹싹 빌며, 그가 운종가에 소유하고 있던 이층집을 헌납하려 한다는 보고를 받은 병호는 결국 이를 허락했다. 더 이상 나쁜 짓을 하지 않겠다는 그의 각서를 받고나서였다.

아무튼 이렇게 되어 병호는 뜻밖에 한양에서도 가장 번화가요, 상권의 요지인 운종가에 건물 한 채가 공짜로 생겼다. 이에 병호는 그곳을 어떻게 사용할까를 고민하게 되었다.

이때 마침 내수사의 전수인 전 내관이 찾아와 왕실의 내탕금 1백만 냥 출연을 상의해 오자, 보(寶) 즉 일종의 오늘날의 은행을 그곳에 열기로 결심을 하고, 병호는 그곳을 그에 걸맞게 내부수리를 하도록 명했다.

이런 가운데 병호는 다시 강 건너 연구소에 들러 칫솔 치분은 물론 향장품을 추가로 1백 개 주문하지 않을 수 없었다. 이는 병호가 주상을 만나고 돌아온 날 왕실에만 주고 우리는 국물도 없느냐는 김조근의 놀림을 받고, 안동 김문 및 여타 인물들에게도 선물하기 위해 주문을 한 것이다.

아무튼 그것이 이틀만에 다 만들어지자 병호는 이를 각각 10여개 주며 장쇠에게 강경으로 심부름을 보냈다. 조양보(朝陽寶)라는 오늘날의 은행 비슷한 것을 열기 위해서는 그에 필요한 사람을 들이기 위해서였다.

그 필요 인원으로 병호는 아직도 신치도에서 수학하고 있는 기생 중 나이가 있고, 상재가 있는 인물 10인을 기용할 생각을 하고 그들을 불러오도록 한 것이다. 그리고 각각 열 개의 선물은 장인 및 미래의 부인 그리고 고금도의 훈장들에게 나주어주도록 했다.

이 모든 조처가 끝나자 병호는 안동 김문의 일원인 승지 김홍근을 찾아갔다. 물론 보따리 하나를 들고 그가 퇴청한 조저녁이었다. 그와 마주선 병호가 먼저 정중하게 고개를 숙이며 인사를 했다.

“격조했습니다, 아저씨!”

“하하하… 우리 가문의 지낭이요, 재신이 어쩐 일로 내 집을 다 방문했는고?"

"부탁이 하나 있습니다."

"부탁? 무엇이든 말씀해 보시게."

"금번에 발행하는 조보에, 왕실의 내탕금 100만 냥을 금번 창설된 조양보에 출연했다는 기사를 싣고 싶사옵니다. 하고 그곳에 이런 그림도 올려주셨으면 감사하겠습니다."

"어디 좀 보세."

그의 말에 병호가 즉시 그에게 자신이 소지하고 있던 그림을 건네주었다. 그가 김흥근에게 건넨 그림은 별것이 아니었다.

오늘날의 통장과 같은 것으로 겉에는 예금주의 성명이 있고, 다음으로 통장을 펼친 그림에는 날짜, 예금액, 지급 금액, 외에도 이차라는 명목으로 2할의 이자까지 지급되어 있는 숫자들이 1만 냥을 기준으로 기록되어 있었다.

이를 다 본 흥근이 침음하며 물었다.

"보라 하면 고려 때 공공 목적을 위한 기금으로 설립되었다가, 이것이 말기에는 점차 농민에 대한 고리대기관으로 변질되어 요즈음은 기세가 한풀 꺾인 것으로 아는데, 이를 설립하는 목적이 무언인가?"

"유사한 것으로 조선에서는 계가 성행하고 있는 것은 누구나 알고 있는 사실입니다. 하지만 저는 그런 계보다는 제가 설립한 취지와 보의 성격이 유사해 그 이름을 채용하게 된 것입니다."

이렇게 설명을 시작한 병호는 곧 대왕대비에게 이야기했던 대로, 이 기금으로 많은 공장을 세워 유민들을 구제할 목적이라는 것을 장황하게 설명했다. 병호의 설명이야 그러했지만 그의 진짜 속내는 은행(銀行)을 설립하는 것이었다.

그러나 은행이라는 이름을 함부로 쓸 수 없는 것이 진짜 병호가 설립하려는 은행은 작금의 서양의 다른 나라와 같이 금본위제도는 아니더라도, 최소 은본위제라도 확립한 후 설립하기 위해서였다.

아니래도 조선은 전기부터 저화를 발행하며 돈의 통용에 애를 썼지만 숙종 시절까지 대부분의 돈에 대한 정책을 실패하고 말았다.

이의 근본 원인은 상업이 요즘 조선 마냥 크게 발달하지 않은 데다, 조정에 대한 근본 믿음이 없었기 때문임을 병호는 너무나 잘 알고 있었다.

이런 조선의 실정에서 확실한 담보 없이 은행이라는 것을 불쑥 설립했다가는 장차 세울 은행은 문도 열어보지 못하고 실패할 것 같아 착안해 낸 것이, 신라부터 유래한 보라는 제도였다.

이 보라는 것은 신라 때의 점안보(占案寶)가 그 효시(嚆矢)로 고려 시대에 매우 성행했으며, 상공업이 발달하게 되는 조선 후기에 오면 위탁 판매 업무나 자금 대여, 심지어는 어음 할인까지 수행했으니, 병호가 생각하는 은행과 거의 유사해 보를 선택하게 된 것이다.

"흐흠… 대왕대비마마까지 출연을 결심한 것이니 그 내용과 함께 자네가 부탁하는 이 그림 역시 설명과 함께 곁들이겠네."

"감사합니다. 아저씨! 여기 약소하지만 왕실에도 헌납했던 칫솔과 치분 외에 향장품들입니다."

"하하하… 자네의 이 물건이 궁내는 물론 반가에도 퍼져, 다투어 입수하기를 바라는 귀물인 것을, 내 차례까지 오다니 고맙네."

"별말씀을 다 하십니다. 진즉 드렸어야 하지만 워낙 만드는 속도가 느려서……."

"아무려면 어떤가, 내 긴요하게 잘 쓰겠네. 참, 석찬은 했는가?"

"아직……."

"잘됐네. 반주를 곁들여 한잔하고 가도록 하시게."

"감사합니다. 아저씨!"

이렇게 되어 병호는 홍근과 반주까지 곁들여 저녁을 먹고 그의 집을 나왔다.

　　　　　*　　　　　*　　　　　*

　다음 날 새벽.

　예상치 못한 손님이 새벽부터 병호의 집을 찾아들었다. 호
가 옥수(玉垂)로 김정희(金正喜)의 척질(戚姪)이며 제자인, 삼십
대 후빈의 조면호(趙冕鎬)가 그였다.

　수인사가 끝나자 그가 온 용건을 말했다.

　"스승님께서 조찬이나 같이하자고 청하십니다."

　"그래요? 잠시 기다리시오. 내 좀 챙길 것이 있으니."

　"편할 대로 하세요."

　재작년 진사시에도 합격하고 벌써부터 서법에는 큰 재능을
보이고 있는 그가, 김정희로부터 들은 이야기가 있는지 몰라
도 나이 어린 병호에게 꼬박꼬박 공대를 바쳤다

　곧 장쇠를 시켜 칫솔 치분 및 향장품 10인분을 챙긴 병호
는 두 호위 무사와 장쇠를 앞세워 김정희가 기거하고 있는 월
성위궁으로 향했다. 그들이 이각 남짓 걸어 월성위궁에 도착
하자 기다리고 있던 추사가 바로 병호를 반갑게 맞았다.

　"어서 오시게. 기다리고 있었다네."

　"감사합니다. 어르신!"

　"자, 어서 안으로 드시게나!"

"네."

곧 셋은 그가 거처하는 넓은 사랑채로 들었고, 병호가 자리를 잡자마자 추사가 말했다.

"금번 인사에 운석(雲石: 조인영의 호)을 살려주고, 이재(彛齋: 권돈인의 호)를 형판에 기용한 것에 대해 답례를 하고자 조찬에 초대를 했다네."

"제가 무슨 힘이 있어 그런 일을 행했겠습니까?"

"그래? 후후후……!"

다 알고 있다는 듯 야릇한 웃음을 흘리던 그가, 그 문제에 대해서는 더 재론하고 싶지 않은지 더 이상 언급을 하지 않고 말했다.

"한 가지 서운한 점도 있어."

"말씀하시죠. 세이 경청하겠습니다."

"사헌부 대사헌에 유임된 김우명 말일세."

"네."

"그 간신을 어찌 재신임했는지 모르겠네. 금번 인사를 보면 안동 김문이 좀 과도하게 주요직에 등용되었지만 그 외에는 나무랄 데 없는 인사인데 말이야."

'후후후……!'

내심 실소를 지으며 병호는 올 것이 왔구나 하는 생각을 했다. 곧바로 그가 의도한 바가 추사의 입에서 그대로 옮겨지기 시작했다.

"부사과 시절 그자가 내 생부 김노경(金魯敬)을 탄핵해 전라도 강진으로 유배 보내, 결국 죽음에 이르게 한 전력이 있는 인물이라는 것을 정녕 몰랐단 말인가?"

이에 시침을 뚝 떼는 병호였다.

"아, 그런 사실까지는 몰랐습니다. 설마 그 작자가 그런 일을 했으리라고는……."

"흐흠……! 몰랐다면 할 수 없는 일이지만, 그 뭐랄까? 단맛 끝에 소태를 씹은 기분일세."

"곧 가문에 그자를 체직시키도록 건의를 하도록 하겠습니다."

"정녕 그래 주겠나?"

"네!"

확실한 병호의 답변에 추사가 비로소 너털웃음을 지으며 말했다.

"내게 의도한 바가 있으면 솔직히 말씀해 보시게."

노회한 그를 더는 기만할 수 없다는 생각에 병호가 솔직한 자신의 속내를 드러냈다.

"금번 성절사(聖節使)에 저 또한 묻어갈까 하는데, 대감님의 소개장이 필요해서요."

"하하하!"

병호의 말에 느닷없이 대소를 터뜨린 추사가 웃음 끝에 말했다.

"그런 저의가 있어 조씨 가문이 풍비박산이 나도 운석만은 살려주고, 내 친구 이재를 형판에 기용했군. 또 김우명을 그대로 유임시킨 것은 내 심기를 건드려 안 부르게 할 수 없고 말이야. 그렇지?"

"아니라고는 말 못 하겠습니다."

"하하하! 좋았어! 담계(覃溪: 옹방강)는 벌써 고인이 되었으니 쓰나 마나겠고. 음… 운대(芸臺: 완원)는 어떠한가? 그러면 중국에서도 명망이 높은 대학자라 큰 도움이 될 텐데 말이야."

"그분도 좋지만, 무영전(武英殿) 대학사(大學士) 조진용(曹振鏞)이나 군기대신(軍機大臣) 목창아(穆彰阿) 같은 분들과는 교분이 없습니까?"

"왜 없겠나? 그들 또한 내 글씨를 얻어간 사람들이지만, 사람들이 너무 각박하고 간사스러운 것 같아서 말이야."

"제게는 그런 사람도 필요합니다."

"뭘 기도하는 것은 모르겠지만, 설마 내 얼굴에 먹칠하는 일은 아니겠지?"

"절대 그런 일은 없습니다."

"좋네. 하면 내 그들 앞으로 보내는 소개장도 써주지. 하지

만 김우명이 좌천되거나 해임되는 것을 꼭 보고나서 써주도록
하지."

"알겠습니다. 신속히 집안 어른들께 고해 멀리 외방으로 쫓
아 보내도록 하겠습니다."

"하하하! 좋았어! 여봐라!"

"네이, 대감마님!"

"어서 조찬을 들이도록 해라!"

"네이!"

하인의 발걸음 소리가 멀어지는 것을 들으며 병호는 또 그
가 좋아할 만한 말을 골라 했다.

"계영배를 만든 도공 우명옥 말입니다."

"그래, 그래. 그 사람을 일간 보낸다고 한 것이 언제인
데……."

"이제야 그가 발명한 내화벽돌로 축조하는 철덕(鐵德: 용광
로)공사가 끝나 한 시름 놨으니 조만간 보내도록 하겠사옵니
다."

"옳거니. 그를 만날 수 있다니 벌써부터 기대가 크네."

"이것 약소하지만 선물이옵니다. 대감님!"

보따리를 살짝 열어본 추사가 말했다.

"이런 귀물을 한두 개도 아니고, 아무튼 고맙네. 내 친우와
제자들에게도 골고루 나누어주도록 하지. 하하하……!"

기분이 좋은지 더 없이 커지는 추사의 밝은 웃음소리를 들으며, 병호 또한 내심 미소를 짓고 있었다. 물론 뜻하는 바를 이루어 기뻤기 때문임은 불문가지였다.

그로부터 삼 일 후.

병호는 좌근에게 고해 김우명을 같은 정3품이나 외직인 평안도의 영변(寧邊) 대도호부사(大都護府使)로 보내 버렸다.

뿐만 아니라 추사의 가까운 친족인 김도희(金道喜)를 그 자리에 임명했다. 즉 사헌부 대사헌에 등용한 것이다. 그리고 그날 저녁 병호는 도공 우명옥을 데리고 김정희를 찾아가, 그로부터 그가 원하는 삼인 앞으로 써준 소개장을 손에 넣을 수 있었다.

그로부터 이틀 후.

병호가 조양보로 명명한 일종의 은행을 간단한 내부 수리를 마치고 운종가에 연 것과 때를 같이하여 조보가 한양에 배포되었다.

그러자 다음 날부터 기현상이 발생하기 시작했다. 먼저 금번 인사에서 안동 김문을 제외하고는 가장 혜택을 많이 본 경주 김문에서 추렴한 돈 10만 냥을 예치했고, 뒤를 이어 반남 박씨 문중에서 7만 냥, 심지어 정적이었던 조씨 문중에서도 10만 냥을 예치하는 등 기현상이 벌어지기 시작했다.

뿐만 아니었다. 다음 날에도 김문의 눈치를 보는 행태들은 연이어 이어져 동네 정씨 가문에서 5만 냥을 필두로, 한양에 살면서 방귀깨나 뀌고 사는 사람들은 2~3만 냥에서 적게는 100냥을 들고 오는 자들도 있었다.

이런 일이 이것으로 그친 것이 아니었다. 조보가 지방으로 필사되어 전해지자 이제는 지방의 유지는 물론 수령방백들이 연이어 문정성시를 이루니, 그야말로 10인의 보원으로도 부족한 지경이 되었다.

이런 일이 근 한 달간 이어지다 이의 대미를 장식한 것은 조선의 내로라하는 상단들이었다. 경상을 비롯해 송상, 내상, 만상, 평양의 유상, 안주상단, 전라도의 나상, 경상도의 창원을 중심으로 하는 마산 상인 조합, 심지어 함경도의 원산 상단에 이르기까지 거금을 출연한 것이다.

이렇게 해서 조양보에 총 예치된 돈이 자그마치 7백 50만 냥으로 이를 마련하느라 집 안의 장롱 속에 있던 상평통보라는 통보는 전부 토하게 되었고, 시중의 모든 돈이 조양보로 모이는 바람에 돈이 안돈다고 난리였다.

이에 조양보에서는 긴급히 피류과 쌀 등의 현물을 받고 시중에 돈을 통용시키기에 애를 써야 했다. 이렇게 되니 병호는 자금 흐름에 숨통을 트는 정도가 아니라 큰 여유를 갖게 되었다.

처음 김씨 일문에서 염전을 개발한다고 모은 고본계의 자금 100만 냥, 행궁 공사를 위해 조성한 벌열 가문의 100만 냥, 여기에 오응현 등의 역관 10인 외에 추가로 가세한 자들까지 출연한 50만 냥.

송상이 소금 판매권을 대가로 주기로 한 100만 냥 중, 80만 냥은 은으로 환산되어 아이들의 유학 경비로 충당되고 남은 돈 20만 냥 등이, 염전 조성과 행궁 공사, 여의도 건너편 연구소의 운영자금, 여타 고군산군도의 어장 매입 및 연구소 공사, 기생 양성 등에 투입되고 있어, 자금의 큰 흐름에는 문제가 없었지만 항상 병호를 긴장케 한 것은 사실이었다.

아무튼 이제 자금에 큰 여력이 생기자 병호는 본격적인 사업에 착수하기 시작했다. 그간 연구를 거듭하고 시제품마저 만들어낸 바 있는 칫솔을 포함한 향장 사업부를 공식적으로 발족시켰다.

그 첫 번째 조처로 병호는 서능인 즉 서 직장을 정식으로 향장 사업부 총괄본부장에 임명하여 모든 사업을 주관케 하였다. 여기에는 칫솔과 치분을 만드는 장인 포함하여 24명의 장인이 소속되었고, 연구하던 학생들도 모두 여기에 배속되어 계속 더 나은 제품을 만드는 연구를 진행토록 했다.

또 그 후속 조처로 염전 조성 예정지였던 주안의 현 남동 공단 부근에 향장 사업부 공장을 신축토록 했다. 또 병호는 공장이 완공되기 전 필요한 인력은 물론 제반 설비를 갖추는 것까지 서 본부장에게 제반 권한을 일임했다.

그렇지만 건축에는 문외한인 그를 위해 공장신축만은 조양물산 산하 총괄 지원본부에서 지원토록 했다. 이 모든 조처가 끝나자 병호는 탄점도 본격적으로 열기 위해 덕대 지동만을 자신의 사무실로 호출했다.

"부르셨습니까? 사장님!"

"네, 거기에 앉으세요."

"네, 사장님!"

그가 맞은편 자리에 앉자 병호가 물었다.

"당신 밑에는 현장에서 일하는 광군들 외에 이를 지휘하는 중간 간부들이 있죠?"

"그렇습니다."

"몇 명입니까?"

"20명입니다."

"흐흠! 좋아요. 그들 몫 포함하여 당신 덕대의 몫으로 총 생산량의 1할 2푼을 드리겠습니다. 만족합니까?"

"네, 충분히. 통상 1할을 받았거든요."

"이는 더 많은 생산을 해내달라는 것이니 그런 줄 아시오."

"감사합니다만, 광군들 몫은 얼마가 배당되는 것입니까?"

"종전과 같은 3할 3푼. 하더라도 철광보다는 나을 것입니다. 당신도 직접 생산을 해봐서 알겠지만 아무래도 철광보다는 주변 암석이 물러 캐기가 쉽죠?"

"네, 사장님!"

"됐습니까?"

"네, 사장님!"

"좋아요. 오늘부로 당신을 탄점의 총괄 본부장으로 임명할
테니, 성천의 탄점까지 동시에 채광에 임해주시오."

"하면 더 많은 광군과 십장들이 필요한데……."

"탄점에 관한한 모든 것을 일임하는 것이니 그건 알아서 모
집하도록 하세요."

"네, 알겠습니다."

인사권까지 주자 지동만의 태도가 더욱 굳어졌다. 그런 그
에게 병호는 석탄에 대한 기본 지식을 전수하기 시작했다.

탄화(炭化)가 진행되는 정도에 따라 초기의 토탄으로부터
갈탄, 역청탄, 무연탄으로 대별할 수 있는데, 우리가 개발하려
는 안주탄점은 갈탄과 일부 역청탄이 주로 매장되어 있다.

그러나 이들은 성천에 매장된 무연탄에 비해 대체적으로
발열량이 떨어지는 관계로 가정 연료로는 성천과 같은 무연
탄을 앞으로는 주로 생산해야 할 것이다.

하지만 역청탄은 철을 생산하는데 필요한 해탄(骸炭: 코크
스)을 만드는데 꼭 필요하므로, 안주탄점은 이를 중점적으로
생산해 내도록 했다. 그리고 갈탄 또한 무연탄과 섞어 장차

가정연료로 공급할 것이니 버리지 말도록 주의를 주었다.

대충의 교육이 끝나자 병호는 바로 그를 내보내며, 필요한 자금은 조양보의 남병길 경리부장으로부터 수령토록 했다. 그가 나가자 병호는 어느덧 저녁때가 다 된 것을 보고 곧장 퇴근을 했다.

연구소의 숙소가 아닌 자신의 본집이 있는 교동으로 말이다. 여기에는 이유가 있었다. 그러니까 대략 한 달도 더 흐른 일이었다. 장쇠가 조양보에 근무할 학생 10인을 데리러 갔을 때, 강경의 처갓집에도 장인과 미래의 부인 순영(順永)에게도 향장품을 보낸 일이 있었다.

그런데 문제는 장쇠가 돌아오면서 학생들만 데리고 온 것이 아니라, 순영까지 데리고 온 것이다. 그녀의 말로는 장인에 의해 쫓겨났다는 것이다. 이는 장인의 심사가 발로된 것이어서 병호로서도 그녀를 다시 돌려보낼 수가 없었다.

장인이라고 왜 병호가 기생 양지홍과 함께 거주하는 것을 모르겠는가. 그런 데다 금번 일대의 정치적 숙청으로 인해 안동 김문의 세가 더욱 확고하게 되었고, 병호의 위상 또한 사업이나 여러 면에서 나날이 더 높아지자, 불안감을 느낀 장인이 그녀를 장쇠 편에 보내 버린 것이다.

순영의 전하는 말로는 '어차피 혼약까지 했으니 이제 너는 더 이상 우리 집안 사람이 아니다. 따라서 죽어 귀신이 되더라도 그 집 귀신이 되어야 한다'고 졸지에 자신을 쫓아 보냈다니 더 이상 무슨 확인이 필요하겠는가.

아무튼 이런 연유로 함께 거주하게 된 순영의 생일이 오늘이란다. 오전 장쇠가 전하고 간 바람에 알았지만, 나 몰라라 할 수도 없어 선물 보따리 하나를 일찌감치 준비해 병호는 지금 집으로 향하고 있었다.

병호가 집에 도착해도 이제 7월로 아직도 해가 조금 남아 있었다. 곧 병호는 처음 한양에 와서 살게 된 정충세의 옛집 즉 유학을 떠난 학생들의 교사로 잠시 사용했던 안채로 찾아 들었다.

병호의 헛기침 소리에 마당 한편에서 일하던 하녀가 급히 물 묻은 손을 행주치마에 닦으며 고개를 조아리고, 순영 또한 급히 안방 문을 열고 나와 병호를 맞았다.

"어서 오세요. 나리!"

"어서 오르세요, 서방님!"

부끄러움을 많이 타는 순영은 몇 번이나 가르쳤음에도 불구하고, '서방님'이라는 소리를 난청인 사람이라면 절대 듣지 못할 정도로 작게 말했다. 하지만 병호는 이에 개의치 않고 부드러운 낯으로 말했다.

"어서 안으로 들어갑시다."

"네, 서방님!"

"정님은 주안상 좀 준비해 주고."

"네, 나리!"

하녀에게 주안상을 준비시킨 병호는 열린 문 안으로 성큼성큼 발을 떼어 먼저 방 안으로 들어가 아랫목에 좌정을 하고, 해거름임에도 여전히 날이 더워 항상 휴대하고 다니는 섭선으로 부채질을 하며, 내외하듯 멀찍이 윗목에 떨어져 앉은 순영을 새삼스럽게 바라보았다.

그녀의 나이 올해 열일곱 살. 조선 여인으로 치면 완전 성인이었다. 그러나 통통한 살집처럼 계란형의 얼굴 또한 통통하게 살이 올라 있어, 아기살이 좀 더 빠지면 예쁠 것 같다는 생각을 했다.

그러면서도 긍정하지 않을 수 없는 면이 있었으니, 순영의 얼굴이 이 시대 남성들이 추구하는 미인상이었기 때문이었다. 조선 시대의 남성들이 이상적으로 추구하는 여인상은 첩과 본부인의 경우 확연하게 차이가 났다.

소실(小室)이나 기생으로는 옥같이 흰 살결, 가늘고 수나비 앉은 듯한 눈썹, 복사빛 뺨, 앵두같이 붉은 입술, 구름을 연상하게 하는 머리, 가는 허리를 소유한 팔등신 미인을 으뜸으로 여기고, 며느리나 아내로는 후덕하게 생긴 건강하고 성격이 원만하며 성실한 여성을 추구하였다.

전자에 해당하는 여성은 미인이나 박명(薄命)하고, 후자의 여성은 아들을 낳을 상(有子相)이라는 이유에서였다. 아무튼 병호의 따가운 시선에 순영의 머리가 더욱 내려가는 것을 보고 병호가 넌지시 물었다.

"내가 준 향장품은 잘 사용하고 있소?"

"네. 그러나 별로 화장할 일이 없어서……."

그녀의 말에 다시 한 번 그녀의 얼굴을 유심히 살피니, 그녀는 화장을 했는지 안했는지 구별이 안 될 정도로 엷은 화장을 하고 있었다.

이는 조선 시대 남성들이 소실과 기생들에게는 적극적으로 화장하기를 바라 향장품이 널리 보급되었지만, 여염집 여성들은 깨끗하고 맑은 피부를 간직하는 것이 미덕이었으므로, 대부분 엷은 화장에 그친 것과 같았다.

고개를 끄덕인 병호가 그녀에게 말했다.

"생일 축하하고… 선물 하나 가져왔는데 받으시오."

"고맙사옵니다. 서방님!"

그녀의 인사를 건성으로 들으며 병호는 가져온 보따리에서 작은 꿀단지와 아주 작은 칫솔을 꺼내 그녀에게 건넸다.

"이것이 무엇이옵니까?"

"마스카라… 험험… 속눈썹 화장품이오."

"속눈썹도 화장을 합니까?"

그녀의 의아함에 병호는 마스카라가 생긴 유래를 떠올리며 말했다.

"그것을 속눈썹에 칠하면 눈이 훨씬 더 커 보인다오."

"소첩의 눈도 작은 눈은 아닌데……."

그녀의 말처럼 그녀의 눈도 작은 눈은 아니고 보통 눈이었으나, 전생의 서구 미인관에 물든 병호에게는 작게 느껴지는 것 또한 사실이었다. 마치 1910년대의 미국의 약사 T. L. 윌리엄스처럼.

그에게는 골칫거리가 하나 있었다. 눈에 넣어도 아프지 않은 여동생이 하나 있었는데, 그녀의 눈이 너무 못생겨서 매력적으로 보이지 않는다는 사실이었다. 그런 그녀가 어느 날 하루는 윌리엄스에게 투덜거렸다.

"오빠, 이런 눈을 가지고 있는 내게는 어떤 남자도 관심을 보이지 않겠지? 난 이제 끝이야."

"얘야, 너무 고민하지 마. 이 오빠가 어떻게든 방법을 찾아볼게."

이때부터 어떻게 하면 눈이 커 보이게 만들 수 있을지 고민하던 윌리엄스는 속눈썹을 강조하면 눈이 더 커 보이지 않을까 하는 발상을 하게 되었다. 이에 그는 한창 유행하고 있는 바셀린에 석탄 가루를 섞어 만든 물질을 만들어 동생의 눈썹에 바르게 했다.

그러자 눈썹이 훨씬 풍성하고 길어 보였고, 그로 인해 단점이었던 작은 눈은 실제보다 더 커 보이는 효과가 있었다. 이 일화를 착안한 병호는 바세린 대신 사용할 수 있는 유지에 숯가루를 혼합 반죽해 지금 꿀단지에 담아 온 것이다.

또 속눈썹용 칫솔은 실제의 칫솔 형태를 아주 작게 만들고 그곳에 말 털 대신 그보다는 훨씬 억센 돼지 털을 심은 것이다. 아무튼 순영의 반론에 병호가 말했다.

"당신의 눈이 작지 않은 것은 나도 아오. 그렇지만 이것으로 속눈썹 화장을 하면 눈썹이 훨씬 풍성하고 길어 보일 것이니 한번 해보시오."

병호의 설득이 주효했는지 그녀가 물어왔다.

"어떻게 하는 것이옵니까?"

"내 한번 시범을 보일 테니 앞으로는 당신 혼자 동경을 보고 하오."

이렇게 말한 병호가 한 무릎 달려들자 그녀는 마치 놀란 사슴처럼 눈이 커지며 그녀 또한 무릎걸음으로 달아났다.

병호는 자신을 피하는 그녀의 행동이 어이가 없어 직설적으로 뱉었다.

"그래가지고 어찌 아이를 낳을 수 있겠소?"

이 말에 그녀의 얼굴이 급격히 붉어지며 우물쭈물했다. 그래서 병호가 달랬다.

"나에게 맡기고 잠시 기다려 보오. 하면 멋진 속눈썹을 보게 될 테니까?"

병호의 말에 순영은 주춤주춤 어찌할 바를 모르고 망설이고 있었다. 이에 병호가 다시 한 무릎 달려들자 이번에는 그녀가 도망가지 않았다.

그렇게 되니 서로의 호흡이 느껴질 정도로 두 사람은 거의 붙어 앉다시피 했다. 만약 이 자세에서 그녀의 턱을 잡아 뽀뽀라도 한다면 딱 맞을 자세가 된 것이다.

이렇게 되자 놀란 순영의 호흡이 급박하게 변하고 얼굴은 홍당무처럼 붉어졌다. 그럼에도 불구하고 병호는 꿀단지 뚜껑을 열고 시커먼 고약처럼 생긴 놈을 작은 칫솔에 묻혔다. 그리고 그것을 그녀의 속눈썹에 칠하려는 순간이었다.

훼방꾼이 나타났다.

"나리, 주안상 올릴까요?"

"험험… 들여오너라!"

"네, 나리!"

곧 문이 열리며 정님이 주안상을 들고 들어왔다. 그동안 둘은 멀찌감치 떨어져 앉아 있었지만 순영의 얼굴은 여전히 복사꽃처럼 홍조를 띠고 있었다. 그런 둘의 태도가 수상한지 주안상을 내려놓은 정님이 흘끔거렸다.

그런 그녀가 얄미워 병호가 말했다.

"너, 이리 와 내 앞에 앉아봐라."

"네?"

병호의 말에 깜짝 놀란 정님이 휘둥그레진 눈으로 순영의 눈치부터 살폈다.

"이리 와 앉으래도."

"네, 네!"

마지못해 정님이 조금 떨어진 위치에 앉자 병호는 엉금엉금 기어 윗목에 있던 꿀단지와 칫솔(브러시)를 가져와 그녀의 앞에 앉았다. 그리고 단호한 어조로 명했다.

"좀 더 가까이!"

병호의 명에 정님이 다시 한 번 순영의 눈치를 보더니 주춤주춤 가까이 다가와 앉았다. 이를 보고 무엇을 하려는지 눈치 챈 순영이 작지만 단호한 목소리로 질책했다.

"서방님, 지금 무슨 짓을 하시려는 것이옵니까? 채신머리없게."

순영의 다른 면모에 화들짝 놀란 병호가 변명을 했다.

"험험! 당신이 마다하니 이 아이를 통해 시험하려는 것 아니오?"

"너, 빨리 나가!"

순영이 병호는 아예 상대도 않고 정님에게 단호하게 명을 내리니, 놀란 정님이 얼른 문을 열고 나가고, 난처해진 병호가 오히려 화를 내었다.

"지금 당신, 내 앞에서 무슨 짓을 하고 있는지 아시오?"

"소첩이 보는 앞에서 종년과 시시덕거리는 서방님의 태도는 옳사옵니까?"

"험, 험……!"

말이야 옳았으므로 유구무언의 처지가 된 병호가 연신 헛기침만 하다가 가만히 생각하니 괜히 부아가 치밀어 씩씩거리며 자리에서 벌떡 일어났다. 이를 본 순영이 갑자기 그 자리에서 고개를 조아리며 말했다.

"소첩의 행동이 건방지고 노여우셨다면 용서해 주십시오. 서방님!"

'이거야, 병 주고 약 주는 것도 아니고!'

이렇게 되니 더 화를 내기도 어색하고 그냥 주저앉기도 뭣한 병호가 헛기침과 함께 윗목에 있던 보따리를 집어 아랫목으로 내려오며 말했다.

"오늘이 다른 날도 아니고 당신의 생일인데, 내가 화를 내고 나가면 당신 마음도 편치 않을 것이니, 내 술이나 한잔하고 나가려니 그런 줄 아시오."

"감읍하옵니다. 서방님!"

다시 한 번 고개를 조아리는 그녀를 보니 더는 화를 낼 수도 없게 된 병호는 주안상을 자신의 앞에 끌어다 손수 술을 쳤다. 이 모양을 현대의 부인들이 본다면 술이라도 한 잔 따르며 보다 적극적으로 기분을 맞췄으리라. 그러나 순영은 엄연히 조선 여성이었다.

순영은 병호가 서방일지라도 술 치는 행동 자체를 기생이나 하는 짓으로 여기고 있으니 미동도 않고 지켜보고만 있었다. 어쨌거나 쪼르륵 소리를 내며 담황색 아름다운 빛깔의 술이 잔에 채워지자 병호는 단숨에 이를 입에 털어 넣었다.

그리고 안주도 집지 않고 거푸 다섯 잔을 비운 병호가 상을 슬쩍 밀며 말했다.

"가까이 와 보오."

"네, 서방님!"

아예 자리에서 일어나더니 순영은 조심스럽게 걸어와 그래도 조금은 거리를 두고 병호 앞에 앉았다. 그런 그녀를 흘끔 본 병호가 보따리에서 갑자기 브래지어를 꺼내 흔들며 말했다.

"이것이 무엇하는 놈인지 맞춰보시오."

이에 순영이 심상치 않은 눈으로 가슴 가리개를 바라보다가 답했다.

"혹시 눈가리개이옵니까?"

"하하하……!"

웃음 끝에 장난으로 '그렇소!'라는 말이 튀어나오려는 것을 간신히 억제한 병호가 말했다. 아니, 물었다.

"이것으로 당신의 가슴을 가린다면 어떤 모습일 것 같소?"

"뭐라고요? 어찌 그런 수치스러운 일을 할 수 있단 말입니까?"

"수치?"

"가리나마나 할 것 아니옵니까?"

"덕분에 얇은 옷을 입어도 속살이 보이지 않을 것이라는 생각은 안 드오?"

"그런 것은 모르겠사옵니다. 얇은 옷을 입을 일도 없고."

"참, 내……!"

단호한 순영의 말에 헛웃음을 지은 병호는 확실히 그녀가 지홍과는 생각이 다름을 알 수 있었다. 따라서 병호는 더 망신살 뻗치기 전에 그녀에게 브래지어를 패용시키는 일은 단념하지 않을 수 없었다.

그렇게 되자 홍이 가신 병호는 연신 혼자 자음자작을 하다가 술이 서서히 오르기 시작하자 자리에서 엉덩이를 들며 말했다.

"더 있고 싶으나 술이 올라 안 되겠소."

"저녁은 어찌 하시렵니까?"

"사랑채로 들이지 뭐."

순영에게는 그의 속셈이 뻔히 보였으나 공공연히 투기는 할 수 없는 일이므로, 병호가 거침없이 나가자 가슴을 지그시 누르며 가볍게 한숨을 쉬었다.

어느 남편이 아내에게 1억 원을 한꺼번에 주고 그 후로는 몇 년간 아예 돈을 들이지 않는 것과, 3일이나 5일 주기로 잊을 만하면 백만 원씩이라도 꾸준히 주는 것 중, 아내는 어느 행위에 더 고마움을 느낄까?

백이면 백 다 후자일 것이다. 따라서 병호는 이 원리를 이용하여 지홍에게 잊을 만하면 하나씩 향장품을 줘오고 있었다. 그런 병호는 오늘도 순영이 거처하는 안채를 나오자 곧바로 지홍의 거처로 향했고, 윤안향밀을 안겨 그녀 스스로 품에 안기는 호사를 누렸다.

아무튼 지홍의 방에서 저녁까지 해결한 병호는 잠자리에 들어 자신이 오늘 순영에게 행한 행위를 되새김질하고 있었다. 자신의 행위가 분명 잘못되었다. 그러나 감정만은 그게 아니었다.

알다가도 모를 심사에 공연히 화가 났지만 애써 잠을 청했다.

*   *   *

다음 날.

병호가 연구소 사무실로 출근을 하니 예상치 못한 손님이 기다리고 있었다. 무관출신 교수였던 최성환과 그의 친구 박은조였다.

"유능한 친구들을 모으려다 보니 늦었습니다."

"200명을 다 모으기는 모았습니까?"

"네!"

최성환의 확실한 답변에 고개를 끄덕인 병호가 잠시 생각에 잠겼다 말했다.

"하면 이곳 연구소에 80명을 남겨 20명씩 3교대 근무케 하고, 나머지는 고산군도에 짓는 화약 및 무기연구소의 경비를 해줬으면 합니다."

"3교대 20명씩이면 60명이면 될 텐데……."

박은조의 의문에 병호가 즉답했다.

"한 조는 돌아가며 비번입니다. 쉬는 날도 있어야지 어찌 매일 일만 합니까?"

"감사합니다."

"고군산군도에도 그런 편제로 해주세요."

"사장님, 그런데 이곳은 기존 경비원들과 겹치게 되는데……."

최성환의 질문에 병호가 즉답했다.

"기존 경비원들은 주안염전의 향장 사업부 신축 공사 현장에 배치할 테니, 그에 대해서는 신경 쓰지 마세요."

"알겠습니다. 사장님!"

"모집한 무관들은 어디 있습니까?"

"모두 한양에 모여 있지만 만약을 위해 여기저기 흩어져 있습니다. 당장에라도 집합시킬까요?"

"내 바쁜 일만 아니면 만나보고 싶지만 지금은 바빠 곤란하고, 언제 정식으로 인사 한 번 하는 것으로 합시다."

"알겠습니다. 사장님!"

"그럼, 두 분이 알아서 그렇게 배치하시고 나중에 또 봅시다."

"네, 사장님!"

서두르는 모양새가 정말 바쁜 것 같아 둘은 곧 자리를 물러났다.

그들이 나가자 병호는 곧 연구소 내에서도 가장 큰 면적을 자랑하는 제철연구소로 향했다. 전부터 모든 준비를 하여 오늘 비로소 불을 장입하는 날이기도 해서 병호는 바삐 그곳으로 향하는 것이다.

병호가 그 현장에 도착하니 그곳에는 이미 20명의 장인과 같은 수의 연구 학생, 증기기관 장인 및 학생, 도공 우명옥 등 많은 사람들이 그를 기다리고 있다가 일제히 허리 굽혀 인사를 했다.

"안녕하세요? 사장님!"

"고생들 많습니다."

화답한 병호는 제일 먼저 해탄을 만드는 노(爐)로 향했다. 노의 형태는 쇳물을 뽑는 용광로와 별반 다름없는 모습을 하고 있었다.

총 높이 2장에 상부 원주 1장 정도의 항아리 형태였다. 이 형태의 노를 철재지주가 떠받치고 있고 그 밑에는 석탄을 땔 수 있는 아궁이와 이곳에 강한 바람을 불어넣을 수 있는 증기 기관 동력을 채용한 대형 송풍기가 있었다.

이 모든 것을 병호가 설계한 것으로 해탄의 제조법은 다음과 같았다. 우선 분쇄한 석탄을 로(爐) 안에 장입(裝入)하고, 노벽(爐壁)에서 1,200℃의 온도로 가열하면 노벽에 가까운 부분부터 용해하기 시작해 분해되며 휘발분이 발생한다.

이 용융 상태에 있는 층의 온도가 더욱 상승해서 고화(固化)하여 해탄이 된다. 가열 시간을 늘려서 노 안이 전부 코크스화하는 것을 기다렸다가 물을 뿌려 불을 끄면 된다. 보통 20시간 전후면 건류가 끝나는 것이다.

이를 한 바퀴 둘러본 병호가 마일록(馬日錄) 직장에게 물었다.

"해탄은 이미 만들어 놓았죠?"

"네, 사장님!"

"자, 그럼, 본격적으로 어디 쇳물을 뽑아봅시다."

"네, 사장님!"

병호가 옆에 있는 용광로로 발을 옮기자 모두 따라 이동을 했다. 이 용광로는 총 높이가 3장 즉 9m였고, 노의 상부 내부 원주는 3m였다. 이 원주를 우명옥이 발명한 기존의 것보다는 보다 우수한 내화벽돌로 이중으로 쌓은 것이 곧 용광로였다.

이 노의 실제 높이는 7.5m였고 그 밑에는 쇳물과 불순물 즉 슬래그를 받을 수 있는 공간이 있었다. 그리고 이 용광로에 열원을 공급하기 위한 일종의 가마가 바로 옆에 배치되어 있었다.

즉 도자기를 가마 형태 안에 석탄을 집어넣고 착화시킨 후 증기기관으로 작동되는 대형 송풍기가 노안으로 강력한 바람을 불어넣으면, 열 개가 넘는 가마 상부에 설치된 주철관을 통해, 고열의 뜨거운 바람이 내화벽돌을 통과해 안의 철광석, 석회석, 해탄 순서로 장입된 것들이 고온의 열풍에 녹아 쇳물이 생산되는 구조였다.

이외에도 노 옆에는 대형 거중기가 설치되어 있어 노의 상부까지 철광석 등을 끌어올릴 수 있는 장치가 되어 있었고, 노의 상부에는 노를 휘돌고 난 가스가 최종적으로 빠지게 구멍이 뚫려 있었다.

그리고 노 하부에는 최종적으로 완성되어 고인 쇳물을 빼낼 수 있는 구조와 반대편에는 철보다 현저히 비중이 낮아 뜨게 되어 있는 불순물 즉 슬래그를 빼내는 장치도 되어 있었다.

이밖에 이중으로 된 내화벽돌과 벽돌 사이에는 고온에도 내화벽돌이 견딜 수 있도록 물이 흐르게 되어 있었다. 즉 노의 최상부보다 높게 설치된 수원지(물탱크)에서 차가운 물이 계속 쏟아져 들어가 관류하고, 중간에는 이미 뜨거워진 물을 빼낼 수 있는 장치도 있었다.

아무튼 이 노를 설계하고 제작하는 과정에서 몇 번의 고비가 있었다. 첫 번째는 풀무를 대신할 송풍장치였다. 즉 증기기관을 동력으로 하는 대형 선풍기를 만드는 것이었다.

대형 선풍기를 제작하는 것보다 증기기관을 실제 제작하는 것이 관건으로 그중에서도 두 개의 탱크가 문제였다. 그중에서도 가장 문제가 된 것은 기화된 수증기가 응축되는 상부의 탱크였다.

이 탱크는 당연히 고압에도 견딜 수 있어야 하는데 수십 번의 실험을 거쳤지만 무른 쇠로는 불감당이고, 숙철로는 탱크를 만들기 어려워 결국 유기장들이 만든 청동제 탱크로 이를 해결해야 했다.

아무튼 이것이 해결되니 그 나머지는 일사천리로 진척이 되어 실제 증기기관이 실용화되는 쾌거를 이룩했다.

그 외에도 용광로를 만드는 과정이나 여타 부속 설비를 만드는 과정에서도 연관 시설의 미비, 전혀 받쳐주지 않는 기초 부품들로 인해 병호는 많은 시행착오와 어려움을 겪었다.

이 과정에서 병호가 뼈저리게 하나 느낀 것이 있으니 공작 기계의 필요성이었다. 그러나 이것은 양이들도 아직은 만들지 못한 것이므로 쉽게 만들 수 없는 물건이었지만, 어떻게든 이 분야 또한 도전할 과제가 된 것만은 확실했다.

여하튼 생각에서 깨어낸 병호는 열원이 될 가마에 불을 넣으라 지시했고, 머지않아 석탄에도 불이 붙으며 송풍기도 씩씩거리며 제 할 일을 다 하자, 모두가 서로를 끌어안으며 기뻐했다.

특히 감회가 남다른 마 직장이 병호를 끌어안고 줄줄 눈물을 흘리며 연신 축하 인사를 건네는 바람에, 병호는 곤혹스러워 연신 헛기침만 해댔다. 그런 그가 마 직장을 떼어놓으며 외쳤다.

"돼지 세 마리를 잡아 잔치를 크게 엽시다."

"사장님, 만세!"

만세를 함부로 부르다니 급히 손을 저어 만류한 병호가 말했다.

"그 대신 술은 없습니다."

"에이……!"

"좋아! 술도 한 섬!"

"와아……!"

또다시 서로를 껴안는 사람들을 보며 병호는 애써 담담한 표정으로 다음 할 일을 생각하고 있었다.

이제 만상과의 합작 사업을 본격적으로 추진하는 일이었다. 비록 연구용 설비지만 용광로를 비롯한 제반 제철 설비가 성공리에 완성된 이상, 보다 큰 규모의 일관 제철 공장을 지어야 했다.

이에 병호는 송림군에 확보된 제철 용지를 한번 둘러보고 차제에 임상옥을 만날 결심을 했다. 그리고 제철 본부장에 임명된 신응조와는 송림에서 만나면 될 것이다.

비록 용지는 모두 매수했으나 제철 사업을 원만히 진행하려면 현지 고을 수령의 협조가 필수적인바, 이를 위해 현지에 머물고 있는 신응조와는 그곳에서 합류하되, 기술 부분의 중요 기능을 담당할 직장 마일록은 데려가기로 했다.

그러나 그전에 할 일이 있었다. 당금 현 조정에서는 청 황제 도광제의 탄신일을 경축하기 위한 성절사 인원 구성이 한창인 바, 자신도 이 사행에 합류하기 위해 청을 넣을 필요성이 있었다. 따라서 금번 사행의 부사(副使)로 내정된 김문근을 만나보려는 것이다.

이에 병호는 다른 장인들과 마찬가지로 돼지를 잡고 술을 내어 잔치를 연다는 말에 즐거워하고 있는 마일록을 불렀다.

"마 직장!"

"네, 사장님!"

"이리 와보시오."

"네, 사장님!"

마일록이 가까이 오자 병호가 말했다.

"내일 새벽 일찍 송림으로 출발할 것이니 너무 과음하지 마시오. 하고 새벽 일찍 마포나루로 오는 것 잊지 말고."

"알겠습니다. 사장님!"

당부를 마친 병호는 미리부터 고기라도 한 첨 먹을 것이라고, 목울대를 꿈틀거리고 있는 장쇠와 두 명의 호위 무사를 데리고 그 자리를 벗어났다. 먼저 집에 들러 칫솔 치분 및 향장품 꾸러미를 챙긴 병호는 장동(壯洞) 김문근의 집으로 향했다.

이각 후 김문근의 집에 도착해 하인을 통해 통기하니 마침 집에 머물고 있던 김문근이 손수 마당까지 나와 병호를 영접했다.

"우리 집안의 재신께서 어찌 누추한 집에 발걸음을 다하시고⋯⋯."

"비꼬는 것은 아니시죠? 아저씨!"

"그럴 리가 있나? 가문의 책사에게 찍히면 출사는 다 그른 일인 걸."

"지나친 말씀이십니다."

병호가 손마저 내저어 부정하나 김문근은 다 알고 있다는 듯 빙긋 웃으며 말했다.

"금번에 내가 등용되지 못해 서운해할까봐, 하옥 형님께 금번 연행(燕行)의 부사로 강력 추천한 걸 이미 내 다 알고 있거늘."

"……"

병호가 가타부타 말없이 빙긋 웃고 있자 김문근이 서둘러 말했다.

"자, 안으로 드실까요? 가문의 장자방님!"

"네, 아저씨!"

문근의 청에 따라 그와 함께 방에 들어 자리를 잡자마자 그는 하인을 불러 주안상을 준비시키고 곧장 온 용건을 물었다.

"그래, 무슨 일로 어려운 걸음을 하셨나?"

"다름이 아니오라 금번 연행에 소질도 동참을 하고 싶사옵니다."

"흐흠……! 부사의 몫으로 3명의 자제 군관을 추천하는 것은 알고 있지?"

"네."

"그게 글쎄, 벌써 가문의 여러 집에서 자신의 자식들을 데려 가달라고 청이 많아서 곤란하지만, 우리 가문의 장자방의 청이라면 물리치기 어려우니, 다른 집안에서 한 명 제하는 수밖에 없겠네."

"감사합니다. 아저씨!"

병호가 급히 사의를 표하자 너털웃음을 지은 문근이 물었다.

"굳이 연경을 다녀오려는 목적이 무엇인가?"

"남들과 다를 것이 있습니까? 견문을 넓히려는 것이죠."

"그 이상일 것 같은데, 아닌가?"

물론 병호에게는 다른 목적이 있었지만 굳이 밝히고 싶지 않아 입장을 고수했다.

"넓은 대륙을 보며 호연지기(浩然之氣)를 기르고 싶사옵니다."

"그래, 좁은 땅덩이에 갇혀 지내다가 드넓은 대륙을 본다면 뜻이 더 웅대해질 수도 있겠지. 그리고 보면 우리 가문의 미래를 위해서라도 내가 먼저 손을 내밀었어야 하는 것인데, 미처 거기까지는 생각을 못했네."

"그렇게 생각해 주니 감사합니다. 여기 약소하지만 선물 좀 가져왔사옵니다."

"아, 요즘 힘 좀 쓰는 집안이라면 누구나 있다는 칫솔과 향장품이라는 것인가?"

"그렇사옵니다. 참, 혹시 대동할 화원은 결정되었습니까?"

"아직 결정되지 않았네."

"제가 거느리고 있는 화원 중 김수철과 전기라는 두 명의 천재 화원이 있는데 이참에 그들의 견문도 좀 넓혀주시면 안 되겠습니까?"

"정사 대감이 계시니 그와 의논해 봐야겠지만, 가급적 그렇게 되도록 노력하겠네."

"감사합니다. 아저씨! 헌데 사행의 출발 날짜도 잡혔습니까?"

"아직 확실한 날짜가 잡힌 것은 아니지만 통상 연행 길이 두 달 여정이므로, 며칠의 말미를 갖기 위해서는 열이틀이나 열사흘 정도면 출발해야 하지 않을까 싶네."

문근의 말에 병호는 역산을 해보았다.

청 도광제의 탄신일인지 생일인지가 9월 16일이었다. 거기에 통상 편도 3천리를 가는데 두 달이 걸린다 했다. 그리고 며칠의 여유를 감안해 12일이나 13일에 출발한다는 것은 지극히 타당한 일정 설계였다. 내심 고개를 끄덕인 병호가 말했다.

"그럼, 소질은 먼저 출발하여 의주에서 뵙겠습니다."

"왜 무슨 일이 있는가?"

"금번에 제철 사업을 시작하려고 송림에 그 용지를 물색해

났습니다. 해서 미리 출발해 그것도 둘러보고 안주의 탄전과 그 일대를 둘러보며 다른 사업도 구상해 보려 합니다."

"제철 사업이라니? 대형 철덕이라도 짓는 것인가?"

"그렇습니다. 뿐만 아니라 거기서 나온 쇳물로 뽑을 수 있는 각종 철 관련 제품을 일괄 생산할 수 있는 연관 공장도 지으려 합니다."

"허허, 이제 철까지 손을 뻗치는 것인가?"

"철이야말로 모든 산업의 근본이라 할 수 있으므로, 철을 제대로 생산해내지 못하고는, 어느 사업도 제대로 일으킬 수가 없어 시작하고 있습니다."

"확실히 자네는 무엇을 해도 범인과는 달라. 다만 잘되기를 바랄 뿐이네."

"감사합니다."

다시 한 번 사의를 표한 병호는 이곳에 온 목적을 충실히 달성했으므로, 그다음부터는 현재 진행되고 있는 염전 공사라든지 여타 사업이야기로 잠시 환담을 나누다가, 주안상이 들어오자 가볍게 술을 한잔하고 그 집을 나왔다.

다시 집으로 돌아온 병호는 김정희가 써준 소개장을 잘 간직함은 물론 여타 준비도 철저히 하였다. 그리고 이튿날이 되자 화원 김수철과 전기 및 장쇠와 네 명의 호위 무사를 거느리고 새벽 일찍 마포나루로 가, 그곳에서 기다리고 있던 마 직장과 합류해 송림으로 출발을 했다.

*   *   *

삼 일 후, 즉 7월 9일.

병호는 신응조가 보고한 대로 겸이포 솔매 즉 송림(松林)이
라는 한적한 어촌을 찾아갔다. 이곳까지는 수심 깊은 대동강
의 수운이 닿는 곳이라 계속 선편을 이용하였다.

병호 일행이 황주에서 사십 여 리 떨어진 솔매라는 어촌에
도착하자, 사들인 땅의 경계에 말뚝을 박고 새끼줄을 두르던
인부는 물론, 신응조와 만상의 대행수 박수형 일행까지 모두
의 시선이 이들에게 쏠렸다.

곧 신응조와 박수형이 황급히 병호를 맞으러 빠른 걸음으
로 걸어왔다. 곧 가까이 다가온 박수형이 반가운 어투로 말했
다.

"연락도 없이 어쩐 일이십니까?"

"용지가 선정되었다는 말은 들었지만 어떤지 몰라서 한번
보러왔습니다. 오다 보니 수심이 깊어 일단 큰 배도 무리 없이
통행할 것 같아 좋습니다만?"

"인근을 둘러보면 보다시피 부근에는 낮은 저 송림산 외에
는 모두 평탄 지형이라 개발하기 좋을 뿐만 아니라, 부근에는

붉고 갈색으로 빛나는 철을 생산해 내는 황해 철점이 있고, 조금 떨어진 재령은 에로부터 유명한 철점이 몰려 있는 곳이니 유리한 입지라 생각했습니다."

"잘 판단하셨습니다. 하고 주변을 잘 둘러보면 철을 뽑기 위해서는 꼭 필요한 석탄이나 석회석도 묻혀 있을 것이니, 이 부근 지리를 잘 아는 덕대들을 수배하여 석회석과 석탄도 찾아냈으면 좋겠습니다."

"그렇습니까? 그렇다면 의당 그렇게 해야죠."

후일담이지만 이로 인해 안악의 석회석, 사동(寺洞) 승호리의 석탄 등을 찾아내 더욱 원가를 줄일 수 있었다.

아무튼 병호는 박수형과의 대화가 끝나자 한쪽에 뻘줌이 서 있는 신응조에게 물었다.

"황주 군수와는 이야기가 잘 되었습니까?"

"물론입니다. 안동 김문의 위세 때문인지 자신이 먼저 발 벗고 나서서 우리를 최대한 지원해 주기로 했습니다."

"다행이군요."

"자, 인사들 나누시죠. 금번에 용광로를 무리 없이 완성한 마 직장입니다."

"마 직장!"

"네, 사장님!"

"금일부로 당신을 부장으로 승진시킬 테니, 여기 있는 두 분

과 잘 협조하여 조선, 아니, 동양 제일의 일관 제철소를 일구
어내도록!"

"감사합니다. 사장님! 충심으로 보필하여 사장님의 뜻대로
인국에서는 제일 큰 제철소를 지어내 보이겠습니다."

"하하하! 좋소! 서로 인사 나누시죠."

"네!"

곧 세 사람이 인사가 나누는 것을 잠시 바라보던 병호는 주
변을 새삼 다시 둘러보았다. 그러던 병호가 물었다.

"사들인 면적이 얼마나 됩니까?"

"10정보가 조금 넘습니다."

"가격은요?"

"육지 쪽은 평당 8푼을 달라는 것을 겨우 7푼에 사들였습
니다만, 갯벌 쪽은 나라 땅이라 4푼에 사들였지만, 황주 고을
백성들을 많이 써달라는 고을 원의 청탁을 받았습니다."

"어차피 공장과 가까운 곳에 거주하는 사람들이 여러모로
유리하니, 우리 때문에 생계를 잃은 어부들과, 인근 동리 사람
들을 제일 먼저 고용하는 것이 좋겠습니다."

"우리도 그렇게 생각하고 있었습니다."

"좋습니다. 자, 지형을 좀 더 자세히 살펴볼까요?"

"네, 사장님!"

병호는 곧 주요 삼 인을 데리고 주변을 둘러보며, 공업 용

수가 꼭 필요한 제철 사업상, 해변 가까운 곳에 제철소 용지를 확정하고, 이후 그 위쪽으로 연관 공장을 짓도록 협의를 마쳤다.

자신이 계획한 일정이 끝나자 병호는 박행수를 불러 물었다.

"이제 본격적인 공사를 시작하려면 기존 20만 냥의 자금으로는 부족할 텐데, 이 부분을 어찌하면 좋겠습니까? 내 생각으로는 총자본금을 100만 냥으로 올렸으면 좋겠는데요?"

"소인의 생각도 동일합니다만, 가포 어르신의 생각을 여쭙고 싶습니다."

"그래요? 그럼, 함께 의주로 가되, 중간에 한 군데 잠시 들렀다 갑시다."

"어디인데요?"

"청천강 유역의 안주탄점입니다."

"잘되었습니다. 그런 일이라면 견문도 넓힐 겸 자창하고 싶은 일이죠."

"자, 그럼, 떠날까요?"

"잠시만요. 아랫사람들에게 몇 가지 지시하고 오겠습니다."

"그러세요."

병호 또한 박수형이 지시하는 동안 자신도 신응조와 마일록을 불러 몇 가지 지시 사항을 하달했다.

"이곳에 필요한 인원이라든지 제반 자재 조달 등 모든 권한을 두 분께 일임할 테니, 만상과 잘 협의하여 가급적 빠른 시일 내에 공사를 끝내주시기 바랍니다."

"네, 사장님!"

이후 박수형 및 그 수행원을 일행에 포함시킨 병호는 안주 및 성천 탄점을 들러, 지동만 덕대에게 인근의 석탄을 찾는 일은 물론 석회도 찾아보도록 지시를 했다. 그리고 그곳에서 일박을 한 병호는 다시 이틀 후에는 의주 임상옥의 집에 도착할 수 있었다.

병호 일행의 도착 직전, 만상의 대행수 박수형을 수행한 상인 하나가 급히 뛰어가 이를 임상옥에게 알리는 바람에, 병호가 대문을 통과하자 임상옥은 바깥채 마당까지 마중을 나와 있었다.

"어서 오시게. 이 얼마만인가? 날이 덥지?"

"네, 아직은 무척 덥군요."

"원로에 고생이 많았네. 어서 들어가 시원한 냉수라도 한 그릇 들이키면 더위가 좀 풀릴 것이야."

"감사합니다. 어르신."

사의를 표한 병호는 임상옥을 따라 그의 거처로 향했다. 곧 그의 넓은 방에 들자 하녀 하나가 얼음을 띄운 냉수 두 대접을 들고 들어왔다. 이를 본 병호가 잠시 양해를 구하고 문가로 가 방문을 열어보았다. 이를 본 임상옥이 물었다.

"왜 그러는가?"

"같이 더운데 나 혼자 마시는 것이 걸려서요."

"하하하! 너무 걱정 마시게. 일행에게도 냉수 한 그릇쯤은 대접하라 일렀으니."

"감사합니다."

실제로 냉수 한 대접씩을 받아든 일행을 보고 병호는 제자리로 돌아와 시원한 얼음물을 천천히 마셨다. 이때 먼저 냉수를 먼저 다 마신 만상의 대행수 박수형이 임상옥의 면전에 머리를 조아리고 고했다.

"김 사장께서 기존 고본계 자금을 20만 냥에서 100만 냥으로 증액하자는 제의를 해왔는데, 이에 대해 어르신의 가르침을 받고 싶사옵니다."

"허허, 이 사람이! 언제까지 나를 앞세울 셈인가! 벌써 상단의 모든 권한을 넘긴 게 언제인데? 자네가 판단해 옳다고 생각하면 증액하고 아니면 그만 둬."

"소인의 생각으로는 옳다고 생각했습니다."

"왜?"

"이미 김 사장으로부터 비록 연구용이지만 기존의 제법과 달리 대량의 쇠를 염출할 수 있는 철덕을 완성했다는 말을 들었기 때문입니다."

"가 봤어?"

"미처……."

"어찌 상대를 함부로 믿노? 김 사장이야 속일 리 없지만, 만약 어느 사람이 자네를 속이려고 작정하고 증액된 금액만 가지고 튀면 어쩌려고?"

"김 사장을 믿는 마음이 너무 크다 보니……."

"됐어. 앞으로나 잘하면 돼."

"명심하겠사옵니다. 어르신!"

"그래. 박 대행수의 말이 사실인가?"

"네. 지난번 제가 보여준 그림대로 일전에 완성을 했습니다."

"고생했군. 헌데 돈 몇 푼 더 증액하자고, 이 먼 곳까지 찾아오지는 않았을 텐데?"

"금번에 저도 청국을 다녀 오려고 합니다."

"그래서? 일전에 얘기한 소개장이라도 한 장 써달라는 이야기인가?"

"염치없지만 그렇사옵니다."

"흐흠……!"

잠시 침음하며 생각에 잠겼던 임상옥이 병호에게 물었다.

"솔직히 나는 아직도 자네 인품에 대해서는 잘 몰라. 하니 내가 자네를 믿을 수 있게, 자신이 자신을 잘 설명하도록 해. 아니면 써달라는 이유를 제대로 이야기하던지."

"제가 제 자신을 평하기는 그렇고요. 어르신께 굳이 소개장을 써달라는 이유는 짐작하시는 바와 같이 이번 기회에 진상방의 용두방주를 만나려 합니다."

"만나서는?"

"여러 합작 사업을 제안하고 싶습니다."

"어떤 품목을?"

"아직 실물을 만든 것이 없어서 말씀드리기가 곤란하군요."

"나한테도 비밀로 하고 싶은가?"

"절대 그렇지는 않습니다. 정 원하신다면 그림이라도 보여드리겠습니다."

말을 끝낸 병호가 잠시 양해를 구하고 밖으로 나갔다 왔다. 즉 전기와 김수철이 각각 그린 그림 두 점을 그들로부터 받아온 것이다.

병호는 자리에 앉자마자 그중 하나의 그림을 펼쳐보였다. 탈곡기를 정밀하게 그린 그림이었다.

"이것이 무엇인가?"

"탈곡기라는 것으로 벼나 밭의 작물을 털 수 있는 것입니다. 보시는 바와 같이 발판을 발로 밟으며 손으로는 볏단을 짚어, 회전하는 기계에 돌리면 송판 위에 박힌 호선의 쇠붙이에 의해 알곡을 털어내는 기계입니다."

"허허! 어떻게 이런 발상을 할 수 있는 것인가?"

"밤에 눈만 감으면 실생활에 유익한 것이 없을까 고민하다 보니, 착안한 것이죠."

"요는 궁구(窮究)의 산물이라는 말이지?"

"그렇습니다. 어르신!"

"정말 이 물건이 설명대로 그대로의 기능을 수행한다면, 탈곡을 하는 데는 일대 혁명적 변화가 일어날 것이야. 누가 이 기계를 놔두고 눕힌 절구통에다 벼이삭을 두들기고, 벼를 일일이 훑고 있겠어? 이제 도리깨도 필요 없는 세상이 되겠어."

"꼭 그렇지만도 않습니다. 콩같이 멀리 튀는 놈은 도리깨가 유용할 지도 모르겠습니다."

"하여튼 탈곡에는 일대 혁명적 변화가 일어날 것임은 틀림없잖은가?"

"빠른 보급률을 보일 것이라 생각합니다."

"나머지 하나도 무슨 물건인지 궁금하군."

임상옥의 말에 병호가 곧 또 하나의 그림을 펼쳐 보이는데, 이것은 물을 긷는데 사용되는 작두펌프였다.

"제가 작명했습니다만 '작두 샘'이라는 것으로 저 작두같이 생긴 자루를 계속 눌렀다 폈다 하면 물이 저절로 올라오는 장치입니다."

"하면 저것을 집 안에 설치하면 대부분의 사람들이 이용하고 있는 공동 우물까지 물을 길러 갈 필요가 없게 되지 않겠는가?"

"그렇사옵니다. 어르신!"

"허허허! 참으로 훌륭한 발명품이네. 헌데 이것을 진상방과 합작을 한다고?"

"우리 조선의 인구라야 재작년 행한 조사에 의하면, 약 159만 가구에 670만으로 나왔습니다. 하지만 실제 인구는 부역이나 세금을 피하기 위해, 요리조리 숨겼을 것인즉 1,300만 정도는 되지 않을까 생각하고 있습니다."

"좋아, 하면 청국의 인구는 얼마나 되는가?"

"최소 4억 명은 될 것이옵니다."

"뭐라고? 그렇게나 많아?"

"제가 알아본 바로는 100년마다 배로 폭증하고 있사옵니다."

병호의 말은 거짓말이 아니었다. 청국의 인구는 1650년 1억 3천만 명이었던 것이, 100년 후인 1750년에는 2억 1천 5백만 명, 또 100년 뒤인 1850년에는 4억 3천만 명으로 폭증을 한다.

또 조선의 인구는 헌종3년(1837)에 호수 1,591,965 인구수 6,709,019 철종3년(1852)에 호수 1,588,875 인구수 6,918,838명으로 기록되어 있다.

그러던 것이 1910년의 왜가 조사한 바에 따르면, 274만 가구, 1,300만 인구로 현격한 차이를 보인다.

이는 병호의 말대로 세금과 부역을 피하기 위한 누락으로, 조선의 인구가 중기에 오히려 감소하는 점을 감안하면, 왜놈들이 작성한 통계인 1910년도 1,300만이 합리적인 추산일 것이다.

"허허, 하면 청국의 인구는 도대체 조선의 몇 배야?"

"조선의 인구를 1,300만으로 잡으면, 대략 30배쯤 되는 것 같습니다."

"허허, 그러니 자네가 청국을 탐낼 만하네."

"아니면 조선의 좁을 시장을 가지고는 사업의 확장성에 한도가 있기 때문입니다. 여기에 왜의 인구 3,200만 명까지 시장에 넣으면 장사할 만할 것입니다."

참고로 왜의 1846년 인구가 3,229만 명으로 기록되어 있다.

"하하하! 박 대행수!"

갑자기 임상옥이 자신을 부르자 깜짝 놀란 박수형이 급히 고개를 조아렸다.

"네, 어르신!"

"모름지기 장사치라면 저런 큰 꿈과 배포를 가져야 하는 것이야."

"아니래도 많이 배우려 하고 있사옵니다."

"그래, 그래! 내 다른 것은 더 이상 묻지 않겠네. 자네의 그

원대한 꿈만으로도 소개장을 원하는 대로 써주지."

'젠장, 남의 비밀을 다 알아놓곤 이제 와서 뭔 소리야?'

내심 투덜거리는 병호이나 실제는 얼른 임상옥 면전에 고개를 조아리고 있었다.

"감사합니다. 어르신!"

"그전에!"

"네, 어르신!"

"저 두 산품을 조선에서는 우리와 합작을 하세."

'참 내……!'

어이가 없는 정도가 아니라 은근히 뿔이 난 병호의 말소리가 퉁명스러워졌다.

"홍삼 거래에 만상이 타격을 입을 것을 감안하여 제철에 이미 합작을 하고 있질 않습니까?"

"홍삼 거래에 타격을 입다니?"

'아차차… 실수!'

화가 나는 바람에 병호는 속내를 그대로 드러내는 실수를 저지르고 말았다.

지금은 책문후시로 송상이 가공해 온 홍삼 제품을 만상과 협력해 양국의 국경지대에서 판매하고 있지만, 앞으로 병호의 계획대로 그것이 강남까지 진출한다면, 아무래도 북방에도 그 영향이 일정 정도는 미쳐, 만상의 타격이 불가피할 것이라 판단하고 있는 것이다.

아무튼 병호는 자신의 실수도 있고, 훗날에라도 알 일이기에 이실직고하지 않을 수 없었다.

"송상과 손을 잡고 홍삼 제품을 강남까지 진출시키려합니다."

"그건 청국에서 문호를 열어주지 않고서는 곤란일 아닌가?"

"이번 참에 그 문제도 해결하려 합니다."

"허허, 그게 가능한가?"

"결과는 하늘에 맡기고 최선을 다해야죠."

"하긴 자네가 청국의 인구를 들먹였지만, 그들의 빗장을 풀게 하지 않고서는 다 공염불에 지나지 않지."

"그래서 저로서는 필사적일 수밖에 없습니다."

"다 좋은데, 저 제품에 대한 합작 건은 어찌할 셈인가?"

"끙……! 8 : 2로 하죠?"

"뭐라고? 8 : 2면 하나 마나가 아닌가?"

"이젠 우리 자본력만으로 충분하단 말입니다."

"그 본(賓)가 뭔가 때문에 그렇군."

"그렇습니다."

"우리도 진양보인가 뭔가에 투자를 했다는 것을 알아주시게. 하긴 저렇게 뻣뻣하게 나오는 걸 보면, 우리의 투자가 오히려 제 발등 찍은 꼴이군."

이제 임상옥이 투덜거리자 병호가 양보안을 제시했다.

"7 : 3, 더 이상은 안 됩니다."

"기왕이면 철과 같이 6 : 4로 하세."

"철의 연관 제품만 해도 그 부가가치가 어마어마하단 말입니다."

이후 병호는 앞으로 생산될 철 연관 제품에 대해 한동안 장황한 설명을 해야 했다. 이 이야기를 들은 임상옥이 결국 양보하는 바람에 두 제품은 최종 7 : 3으로 결정이 되었다.

그리고 보니 병호의 입장으로서는 소개장 한 장에 엄청난 가격을 지불하고 있는 셈이었다.

"자네의 계획대로 서로 문호가 열렸다 치면, 그들로부터 들여오는 물건도 있어야 할 것 아닌가? 일방적으로 조선의 물품만 판매한다는 것은, 다시 저쪽에서 문을 닫는 결과를 초래할 것이니."

"그렇습니다. 저는 면직물과 견직물을 들여오려 합니다."

"아무래도 그런 제품은 청국 제품이 조선 것보다는 싸지. 하면 조선의 이것을 만드는 가정들이 일대 타격을 입을 것인데 그 대책은 있는가?"

"제가 보는 견지에서 우리 조선의 가장 큰 문제 몇 가지를 들라면, 우선 양반층으로 대별되는 지배층의 과도한 수탈입니다. 여기서 파생되는 문제로, 전체 인구의 5푼밖에 안 되는 인구가, 쌀 경작지의 7할을 점유하고 있어, 이는 광작으로 이어지고, 이는 또 소작인들 수를 줄이는 결과를 초래해, 그들이 실업자로 내몰리거나, 터전을 잃은 농민들이 산으로 숨어들어 화전을 일구는 바람에, 아니래도 온돌의 급속한 보급으로 피폐해지고 있는 산을 더욱 민둥산으로 만들고 있습니다."

한 호흡 쉰 병호의 말이 이어졌다.

"이 결과는 또 다량의 토사를 쏟아내 하상을 주 운송통로로 사용하는 조선의 물류망을 마비시킬 것이고, 또 전국에 산재한 수많은 저수지 등도 메워, 결국 생산량을 또 떨어뜨리는 악순환의 반복을 연출할 것입니다. 뿐만 아니라 권력층의 부패로 인해 환곡의 기능이 거의 마비되니, 이는 결국 흉년이 들면 대재앙으로 번져 아사자를 속출시키는 결과가 될 것이고, 이는 결국 인구의 감소를 초래할 것입니다. 여기에 전염병이라도 창궐한다면 대국의 조건 중 하나인 인구가 느는 것이 아니라, 오히려 줄어드는 결과를 초래할 것입니다."

"따라서 조선이 패망하는 길로 가는 것을 막으려면, 첫째가 집권층의 부패를 막아야 하고, 두 번째로 기존 권력을 해체할 수 없다면, 일자리를 잃는 유민들을 구할 방책으로 저와 같은 실업가가 다수 출현해야 합니다. 끝으로 강력한 산림 정책과 함께 조림이 시행되어야 하는데, 이는 땔감 공급원을 확보하고 나서의 일이니, 석탄 생산량을 크게 늘리고, 이를 각 가정에 쓸 수 있게끔 하는 실용화 수단, 또 그것을 사 쓸 수 있는 여력을 만들 소득의 증대 등이 복합적으로 필요합니다. 따라서 궁극적으로 정치를 개혁하고 산업을 키우는 수밖에 달리 도리가 없는데, 산업을 키우자면 조선의 작은 인구로는 곤란하고, 모든 면에서 덩치가 큰 청국과 반드시 통상을 해야 합니다. 이 과정에서 불가피하게 다치는 산업은 또 청국으로 수출할 물건을 생산하는 업종에서 흡수해야만 선순환이 이루어질 것입니다. 일시적으로 많은 말을 쏟아내다 보니 조리가 없어 죄송합니다."

"허허, 그게 무슨 말인가? 아무튼 자네와 같이 올바른 식견을 가진 자가 조정에 들어가 개혁을 하면 조선이 크게 흥할 것인데, 그렇게 되면 산업을 키울 수 없으니… 자네 같은 인재가 조선에 딱 둘만 있었으면 좋겠네. 하고 내 사과하지. 그깟 소개장 하나 써주는 것을 가지고, 너무 쩨쩨하게 굴어 미안하이."

말이 끝나자마자 병호에게 고개를 조아리는 임상옥 때문에 병호는 황급히 자리를 피하며 겸양했다.

"별말씀을 다하십니다. 어르신!"

그런 병호를 빙그레 미소 띤 얼굴로 바라보던 임상옥이 물었다.

"자네 한어역관은 데리고 가는가?"

"대통관(大通官) 차통관(次通官)이 아는 사람이라서……."

"그들은 엄연히 공인(公人). 어찌 사사로운 일에 동원할 수 있겠는가? 하니 내 유능한 역관 한 명을 내어주지. 나와 함께 수없이 중국을 드나든 사람으로서 무예도 뛰어나니 큰 도움이 될 걸세."

성의로 역관까지 붙여주겠다는 것을 거절할 수 없어 병호는 급히 고개를 숙였다.

"감사합니다. 어르신!"

제3장
연행(燕行)

병호는 그로부터 이틀을 더 임상옥의 집에 머물며 그와 많은 이야기를 나누었다. 병호가 가포의 집에 머물던 삼 일째 되던 날, 의주에 연행 사절이 도착했다는 전갈에, 병호는 임상옥이 내어준 역관을 데리고 일행에 합류했다.

일행에 합류하자마자 병호는 이파부터 찾았다. 그를 만나자마자 병호는 은밀히 그를 여각 밖으로 불어내 물었다.

"얼마를 가져왔소?"

"지시한 대로 100포를 가져왔습니다."

"수고했군. 마색들은 두 명의 호위 무사와 함께 돌려보내고,

이 부장은 우리 일행에 합류하도록 하세요.'

"고맙습니다. 사장님!"

병호의 말에 이파는 감격한 표정으로 곧장 답하고 사라졌다. 삼면이 바다지만 바닷길을 막아 놓았으니, 오로지 터놓은 육로로 밖에는 외부로 나갈 수 없는 조선의 현 실정에서, 그중 가장 큰 나라인 중국을 볼 수 있다는 것은 일생일대의 기회였으므로, 이파로서도 당연히 감격할 수밖에 없었던 것이다.

또 병호는 앞으로 이파는 조선 국내만이 아닌 세계를 상대로 정보를 모아야 하는데, 그 시야가 좁으면 곤란했으므로 이번 기회에 그의 시야를 넓히기 위해 동행시킨 것이다.

그런데 여기서 한 가지 이파가 답한 100포라는 것은 홍삼을 말하는 것으로, 보통 인삼 10근을 1포라고 하는데, 인삼한 근은 은 25냥으로 환산되었기 때문에, 인삼 100포는 홍삼 1천근에 해당하므로 이를 은으로 환산하면, 은 25,000냥에 해당하는 어마어마한 금액이었다.

한 사람이 통상 8포를 소지하고 가는데 그것도 정식 수행원 30인에 한해서 말이다.

그런데 병호가 이 많은 홍삼을 몰래 가지고 갈 수 있었던 것은, 모든 짐 검사를 서장관인 남병철이 하므로, 그의 묵인하에 가능했던 것이다.

아무튼 황제의 탄신을 축하하는 성절사라는 것이 근래 들어와서는 서로의 번거로움을 피하기 위해, 황제의 생신과 관계없이 동지사와 겸하는 것이 관례였다.

그러나 금년에는 황제의 탄신 오십 돌을 맞아, 그들의 특별한 청이 있었으므로 급히 편성된 감이 없지 않게 있었다.

아무튼 고관이 되기 위해서는 한 번 쯤은 이 사행에 포함되는 것이 통례라, 사행의 핵심 세 자리인 정사(正使), 부사(副使), 서장관(書狀官)이 되기 위해, 물밑의 치열한 싸움이 예사였으나, 촌각을 다투는 선정이었으므로 작년을 포함하여 두 번의 경험이 있는, 이희준(李羲準)이 정사로 낙점이 되는 등 일사천리로 진행이 되었다.

사행의 구성은 위의 3인 외에도, 대통관(大通官) 3인, 호공관(護貢官: 압물관이라고도 함) 24인 등 도합 30인으로, 이른바 정관(正官)이라 하여 정해져 있었다. 그밖에 종인(從人)이 있는데 그 숫자에는 제한이 없었다.

그러나 1668년(현종9)에는 이 숫자가 지나치게 많아 말썽이 되기도 하였다. 일반적으로 250명 내외였으나 1755년(영조31) 절사 때에는 541명이나 된 적도 있었다. 통상 300인 내외로 구성되나 금번에도 400명이 조금 넘는 숫자가 연행에 참여하고 있었다.

어쨌거나 이번 사행의 특징은 정사를 제외한 부사에 김문근, 서장관에 남병철, 통역으로 실제 사행의 주재자인 대통관 이상적, 차통관에 오응현 등이 선정될 정도로 안동 김문의 입김이 많이 스며든 선정이었다. 병호가 중간에 합류할 수 있었던 것도 위의 배경과 무관치 않았다.

연경까지는 편도 3천리, 왕복 6천리의 장도였다. 많은 수의 사람들이 무리 지어 도보로 오가는 '공무 여행길'… 교통편이 마땅치 않으니 숙박시설인들 변변할 리 없었다.

윗사람들이라고 으레 한 데에서 밤을 지새우기(한둔) 일쑤이니, 아랫사람들에 비해 특별히 나을 것도 없었다. 목욕은커녕 제때 옷을 갈아입는 일도 분에 넘치는 사치였을 만큼 행차의 고단함은 이루 말할 수 없었다.

그럼에도 그들은 위아래라고 할 것 없이 군말을 할 수 없었다. 지엄한 왕명으로 나선 길이기 때문이었다. 그런 길을 어언 두 달 걸려 도착한 연경은 처음 와보는 사람들의 눈이 휘둥그레질 정도로 큰 대도회였다.

그러나 병호의 눈에는 아담하게 보일 정도인지라 그의 놀라지 않는 모습에 측근에 있던 자들이 더 놀라는 모습을 연출했다. 장쇠와 두 명의 호위 무사 즉 신용석과 강철중 외에도 임상옥이 제공한(?) 역관 김응성(金應聲) 역시 놀란 눈으로 물었다.

"이런 대도회를 언제 본 적이 있습니까?"

"내 생각에는 이보다 훨씬 크리라 상상했으나 오히려 생각보다 작군요."

"확실히 배포가 크신 모양입니다."

금년 45세의 장년(?)으로 무예가 뛰어나다는 가포의 소개와 달리 김응성은 기품 있는 생김에 체구는 범인보다 조금 큰 정도였다. 그런 그의 아침 비슷한 말에 병호가 빙긋 미소를 짓는데, 일행은 어느덧 조선 사신단이 머물 장소인 남소관(南小館)에 도착해 있었다.

그러나 곧바로 문제가 생겼다. 인원은 400명이나 되는데 머물 장소가 너무 협소해, 미리 나와 있던 예부 낭관의 지시로 일행은 몇 갈래로 흩어져야 했다. 북관, 서관(西館) 및 건어호동관(乾魚衚洞館)은 물론 지화사(智化寺)라는 절까지 배정을 받았다.

그렇지만 병호 일행만은 특별 대접을 받아 김문근 및 여타 역관들의 주선으로 동쪽 담 밖의 개인 집을 구입하여 이상적 등의 역관들과 함께 거처로 삼을 수 있었다. 이 소동에 예부 낭관이 안 보이자 당상 역관의 지위에 오른 대통관 이상적이 투덜거렸다.

"예전에는 회동관(會同館)에 조선 사신단이 머물렀다 했소. 그러나 숙종 15년에 네르친스크 조약으로 아라사가 연경에 진출하자 빼앗기고 남관을 져주었는데, 이마저도 청과 아라사가 캬흐타 조약을 체결하여 아라사 정교회 수도단체가 연경에 상주하면서, 남관은 아라사인의 전용 관사인 아라사관(俄羅斯館)이 되고, 우리 조선 사신은 기존의 남관에서 남서쪽으로 1리쯤 떨어진 곳에 신축한 이곳 남소관(南小館)으로 옮겨오게 된 것이라 하오."

"한마디로 힘없는 나라의 비애가 고스란히 느껴지는 사신들 숙소의 이전사로군요."

"그렇소. 그러니 우리 조선이 하루빨리 강국이 되어 이 수모를 꼭 갚아야 하는데, 그런 날이 오기나 할지……"

말끝에 9월 중순의 푸른 하늘에 시선을 주는 이상적 때문에 병호 또한 기분이 좋지 않았으나 어느새 두 주먹은 불끈 쥐어져 있었다.

그러나 그것도 잠시. 대통관인 이상적은 곧 공식일정을 시작해야 했으므로, 바로 삼 사신을 모시고 예부(禮部)로 향했다. 표문(表文: 왕복 외교문서)과 자문(咨文: 일정한 청원을 담아 올리는 글)을 바치러 간 것이다.

그렇지만 공식 수행원이 아닌 병호는 그럴 필요가 없어 무엇을 할까 궁리하는데, 언제 수배했는지 남소관과 임시로 구입한 집의 담장을 허물어, 통로를 내는 공사의 시끄러운 소음을 피해서라도 밖으로 나가기로 한 병호는, 줄곧 곁에 붙어 있는 김응성에게 물었다.

"혹시 진상의 용두방주의 집을 알고 있소?"

"네, 어르신을 모시고 왔을 때 몇 번 들른 적이 있습니다."

"그래요? 아주 잘됐군요. 나를 그곳으로 안내해 줄 수 없겠소?"

"미리 통기를 하고 그분의 허락이 떨어지면 만나는 것이······."

"물론 그게 예의겠으나 이곳이 시끄러워서라도 나가야겠으니 일단 그 집으로 배첩을 전하러 갑시다. 해서 바로 만날 수 있으면 만나고 아니면 시내 구경을 하는 것으로 합시다."

"알겠습니다."

"혹시 모르니 예물도 챙기고 그림 네 장도 챙겨. 홍삼은 10포면 되겠지? 아, 그리고 향장품 보따리도 챙기는 것 잊지 말고."

"네, 나리!"

여전히 병호를 '나리'로 칭하는 장쇠가 홍삼 10포 및 여타 지시한 것을 챙겨오자, 역관 김응성을 포함한 일행 다섯은 집을 나섰다. 물론 남게 된 이파와 화원 두 사람은 병호 몰래 입을 삐죽거렸고, 장쇠가 가져온 물건은 강철중과 나누어서 들었다.

아무튼 집을 나선 일행이 김응성을 따라 이 골목 저 골목을 휘돌길 얼마. 계속되는 번드르르한 집들의 연속에 이곳이 연경에서도 고관대작이나 부호들이 집단 거주하는 곳임을 알고 병호가 앞서가는 김웅성에게 물었다.

"이곳이 어디요?"

"이곳은 감우호동(廿雨胡同)이라 하고요, 이곳에서 조금만 내려가면 왕부정(王府井)이라 해서 유명상가들이 집단으로 몰려 있습니다."

"유리창(琉璃廠)은 또 어디요?"

"이곳에서 남서쪽으로 얼마 떨어지지 않은 곳에 위치해 있습니다."

"나중에 그곳도 한번 들러봅시다."

"네."

대화를 하는 도중 다 왔는지 김웅성이 어느 대저택에서 발걸음을 멈추었다. 곧 그는 대문을 두드려 하인을 부르고 하인과 둘은 한동안 알 수 없는 대화를 나누더니 김웅성이 돌아서서 병호에게 물었다.

"안에 계시니 잠시 기다리시랍니다. 혹시 바로 찾을지도 모른다고."

"알겠소."

일행이 잠시 밖에서 서성거리고 있는데 안으로 들어갔던 하인이 다시 나타나 말했다.

"들어오시랍니다."

물론 이를 김웅성이 통역한 것이나 병호로서는 단번에 만

날 수 있어 기분이 좋았다.

아무튼 이들이 대문 안으로 들어서니, 그간 이사를 했는지 임상옥이 이야기한 고대광실에 정원에는 기화요초가 눈을 현란케 하고 분벽사창에 어쩌고저쩌고가 아니었다.

중국식 전통 사합원의 구조였으나, 한가운데 누런 잔디로 뒤덮여 있는 마당이 무척 넓었고, 전체의 규모도 엄청나게 컸다.

곧 병호는 하인을 따라 전면의 큰 방으로 김응성과 함께 안내되었다. 척 보아하니 응접실인 듯 고서화가 즐비하게 걸려 있는 속에, 오십 대 중반의 준수하지만 강퍅해 보이는 자가 크게 손을 벌려 환대했다.

"어서 오시오. 이게 얼마만인가?"

대충 이런 소리인 것 같은데 병호 자신이 아닌 김응성에 대한 환대였으므로, 그는 난처해 잠시 둘의 거동만 지켜볼 수밖에 없었다.

곧 둘이 한동안 반가움을 표시하더니 그것이 끝나자 시선을 병호에게 돌린 용두방주가 물었다.

"가포 어르신의 칭찬이 놀라웁디다. 합작 사업을 하고 싶다고?"

임상옥의 소개장은 밀봉이 되어 있었으므로 병호도 그 안의 내용은 모르고 있다가, 용두방주 교진청(喬進淸)의 말에 그 내용을 대충 유추한 병호가 그의 물음에 답했다.

"네, 방주님!"

"어떤 사업을 말하는 것이오?"

"잠시만 기다리십시오. 말로는 곤란하니 제가 그림을 가져오겠습니다."

"그러시오."

교진청의 허락이 떨어지자 병호는 밖으로 나와 그새 다른 방에 들어 접대를 받고 있는 장쇠에게 그림 네 점과 홍삼 10 포를 받아 다시 응접실로 들어갔다.

"우선 이 예물부터 받으시죠?"

병호의 말에 교진청이 손사래를 치며 말했다.

"아무 이유 없이 남의 귀한 선물을 받을 수는 없소. 우리의 이야기가 잘 진행된다면 그때 가서 다시 한 번 생각해 봅시다."

그의 말에서 그의 꼬장꼬장한 성품을 알고 병호는 더 권하지 않고, 그림 한 장을 펼쳐들었다. 이에 가까이 다가온 교진청이 그림을 보고 물었다.

"이게 뭐요?"

"라면이라는 물건으로 한 끼 식사를 때울 수 있는 제품입니다."

"흐흠… 실물은 없소?"

"갑자기 사행이 결정되어 미처 준비를 못했습니다."

"그렇다 치고, 다음은 또 뭐요?"

라면이라는 것이 제품 성질상 실제로 가져와 맛을 보고 이야기해야 맞는데, 병호의 말대로 갑자기 사행이 결정되는 바람에 미처 준비를 못해, 예상한 대로 그의 반응이 신통치 않았다.

그래도 병호는 내심 자신이 있었으므로 기죽지 않고 다음 그림을 펼쳐들었다.

"이 기계는 또 무엇 하는 것이오?"

"보시다시피 그 밑에 나온 그림 즉 국수를 자동으로 뽑는 기계입니다."

"사람 손이 아닌 자동으로?"

"물론 사람의 손이 가야 합니다만, 주 작업은 기계가 뽑는 것이므로 생산성이 높지요."

"그럴듯하군요. 또 있소?"

"네."

대답이 끝나자마자 이번에 병호가 펼쳐든 그림은 병호가 '작두 샘'이라 명명한 작두 펌프였다.

"이건 또 뭐하는 놈이오?"

"우물을 대체하는 것으로, 이놈을 각 가정에 하나씩 설치하면 공동 우물로 물을 길러 갈 필요가 없습니다."

"그러니까 요는, 이놈이 지하의 물을 뽑아 올린다는 소리 아니오?"

"그렇습니다."

"오호! 이건 기물(奇物)이로군! 또 있소."

"네, 이건 탈곡기라는 것으로 벼나 보리 밀 등을 털 때 쓰는 물건입니다."

"이거야마로 농촌에서 꼭 필요한 기계군."

"그렇습니다."

교진청의 적극적인 반응에 비로소 병호의 입가에 웃음이 맺혔다.

여기서 한 가지 병호가 그려진 그림 중 펌프는 땅 밖으로 드러난 부분도 외양만 그려 속의 내용물을 알 수 없었고, 탈곡기는 크랭크가 묘사되지 않아 눈으로 봤어도, 최종 제품을 만들 수 없게 보안을 유지했다는 점이다.

물론 국수를 기계도 마찬가지고 더 복잡하니 그가 복제할 염려는 하지 않았다. 아무튼 흥이 오른 듯한 교진청이 밝은 얼굴로 물었다.

"좋소! 또 있소?"

"네."

대답과 동시에 병호는 향장품 보따리를 풀었는데 그곳에는 조선과 달리 딱 세 제품밖에 없었다.

즉 칫솔과 치분 그리고 설화분(雪花粉)이라 작명한, 작은 자개함에 담긴 연분밖에 없었다. 병호가 이 세 제품만 가져온 데는 다 이유가 있었다.

비누도 가성소다를 사용하지 않았으니 중국인들이 사용하는 석감보다 조금 나은 정도라 배제되었고, 다른 것들도 기존 조선 화장품을 조금 개량한 정도라 먹힐 것 같지가 않아서였다.

그래도 조선에서는 이것이 팔릴 것 같은 것은, 조선에서는 궁을 제외하고는 모두 자가 제조였으므로, 일일이 만들기 번잡할 뿐만 아니라, 비록 가내수공업 수준을 넘지 못하나 전적으로 향장품만 생산하므로, 제조 원가를 크게 낮출 수 있어 충분히 판매 가능하다 생각한 것이다.

그러나 청의 상황은 확실히 모르므로 우선 팔릴 것 같은 것만 가져온 것이다. 아무튼 병호가 펼쳐놓은 세 제품 중 칫솔을 집어든 교진청이 말했다.

"이건 우리나라에도 있었소. 송대부터 사용되었으나 잇몸이 붓거나 염증이 생기는 부작용이 있어, 지금은 대부분 사용하지 않고 있소."

"이건 그런 제품과 다를 것입니다. 치모(齒毛)를 만져보십시오. 상당히 부드럽지 않습니까? 칫솔대도 각도며 유려한 생김이 양치질에 최적화되어 있고요."

병호의 말에 따라 치모를 여러 번 만져보고 쓸어보기도 한 교진청이 말했다.

"음! 확실히 부드럽긴 부드러워, 잇몸이 상할 리는 없겠군요. 무엇으로 만들었소?"

"그것이 이 제품의 생명인데 그걸 알려주면 거저 생산하라 하는 것과 마찬가지죠."

"하긴 그렇소. 그건 그렇고, 이 봉지에 담긴 물건은 뭐요?"

"치분이라고 소금 대신 그걸 묻혀 이를 닦으면 쉽게 이물질을 제거할 수 있을 뿐만 아니라, 이가 희어지는 효과도 있습니다."

"정말 그런 효능이 있다면 이건 틀림없이 먹힐 것 같소."

그의 말이 끝나자 병호는 바로 자개함에 들어 있는 연분의 뚜껑을 열어 보여주며 말했다.

"이건 보시는 바와 같이 백분으로 연(鉛)이 들어갔으나 중국제와 달리 그 폐해를 최소화한 제품입니다. 따라서 상당히 오랜 세월 이 연분을 바른다 해도 큰 부작용이 없다는 것이 이제품의 장점입니다. 물론 착색이 잘 되고 얼굴이 희어지는 것은 청나라 연분과 크게 다르지 않습니다."

"음… 판매할 때 그걸 강조해야겠군."

"그렇습니다."

"좋습니다. 이 제품을 모두 합작 생산하자는 것이죠?"

"그렇습니다."

"우리나라의 판권은 당연히 우리 진상에게 있는 것이고요."

"판권에 대해서는 생각을 좀 해봤으면 합니다."

"어떻게?"

"물론 진상이 중국 전역에 산재해 있다는 것은 저도 잘 압니다. 그래도 저 남쪽은 절강 상인만 못할 것이고, 장강 유역은 휘상보다는 조직이 못할 것입니다. 따라서 진상이 생산은 하되, 그 판권은 황하이북을 시작으로 요동까지 판매하는 것으로 한다면, 보다 많은 제품을 팔 수 있을 것으로 생각하는데 용두방주님의 생각은 어떻습니까?"

"욕심을 부리자면 우리가 전역을 판매까지 다 하고 싶지만 일리가 있는 말이오. 음! 그 문제는 합작이 성사된 후의 문제니 일단 접어두고 합작부터 논해봅시다. 당연히 공장은 아국에 세워야 할 것이고, 문제는 합작 지분과 기술 지도에 대한 것이 관건인데, 이 부분에 대해 먼저 견해를 밝혀주시오."

"기술 지도는 우리 기술자를 이곳에 파견하는 방법이 있고, 청국 장인을 조선에 파견해 연수를 받게 하는 방법이 있습니다. 이 문제는 체류가 어느 편이 더 쉬우냐의 문제인데, 아마 조선인이 청국에 장기 체류하는 것은 쉽지 않은 문제일 것입니다. 하고 지분은 6 : 4로 했으면 합니다."

"당연히 우리가 6이겠지요?"

"아니, 우리 조선이 6입니다."

"무슨 그런 경우가 있소? 아국에 공장을 짓는 일인데."

"좋습니다. 5.5 : 4.5로 하죠."

"그건 안 되고. 6 : 4로 하되, 당연히 우리가 6이요."

"하면, 이건 어떻습니까? 자본 투자는 방주님의 말씀대로 6 : 4로 하되, 이익금은 50 : 50으로 나누어 갖는 것입니다."

"그건 또 무슨 경우요?"

"소위 기술료라는 것이 1할 책정되는 것이죠?"

"너무 많소."

"양이들은 특허라 해서 처음 발명자의 권리를 규정하는 법 조문이 있습니다. 따라서 이 권리에 의하면 그 사람 외에는 일정 기간 동안, 그 어느 누구도 그 제품은 생산하지 못합니다. 만약 생산을 하려면 로열티라 해서 일종의 기술료를 지불해야 합니다. 헌데 그 비율이 1할 2할 정도가 아니라, 그 제품 생산원가의 절반을 차지하기도 합니다. 그런데 1할이면 공짜로 기술을 제공하는 것이나 마찬가지입니다."

병호는 협상을 위해 과장을 좀 했다.

"설령 그런 것이 있다 해도 그건 코 큰 놈들의 이야기고, 우리는 좋게 해결합시다."

"방주님이기 때문에 최소한의 기술료를 적용한 것입니다."

"하면 5.5 : 4.5로 이익금을 분배합시다."

"제가 제시한 것은 최후의 안으로 협상용이 아닙니다. 재고해 주십시오. 하시면 이 물건 외에도 앞으로 수많은 기물들이 우리 회사에서 쏟아질 텐데, 이 물건 모두 진 상방에 우선 협상권을 드리겠습니다."

"어떤 물건들이 있소?"

"소금, 철 관련 제품……."

"잠깐, 소금이라 했소?"

"네."

"아국은 소금에 관한한 나라에 전권이 있소."

"소위 전매제도라는 것이로군요."

"그렇소."

"흐흠……!"

천일염을 양산하면서 청국과 왜까지 수출의 꿈에 부풀어 있던 병호는 큰 난관에 봉착한 것이다. 그런 문제를 깊숙이 생각지 않고 막연히 조선과 같으리라는 생각이, 이제 와서 발목을 잡으니 병호도 난감하지 않을 수 없어 한 번 찔러 보았다.

"그래도 비밀리에 취급할 수 있는 것 아닙니까?"

"나라의 공인을 받고 있는 우리 진상이 염호(鹽戶) 무리가 되라는 것이오?"

노한 그의 얼굴을 보며 병호는 다른 방법을 생각하기로 하고 말했다.

"알겠습니다. 그 문제는 없었던 일로 하고, 다른 제품에 한해 우선 협상권을 드리도록 하겠습니다."

"흐흠……!"

잠시 이마를 찌푸리며 깊은 생각에 잠겨 있던 교진청이 말했다.

"51 : 49, 이게 내 최후의 패요. 아니면 결렬이오."

"흐흠……!"

침음하며 잠시 생각하던 척하던 병호가 결연한 표정으로 말했다.

"좋습니다. 자본 투자는 60 : 40으로 하지만 이익금은 귀측에서 51 우리가 49 비율로 나누어 갖는 것으로 하고, 당연히 최종 제품이 나올 수 있도록 우리가 기술 지도는 해주는 것입니다. 맞습니까?"

"그렇소."

"그렇게 하자면 한 가지 난관이 있습니다."

"둘의 합작을 위해서는 자연적으로 상호 교류가 빈번해지는데 양국이 너무 폐쇄적이란 말이죠?"

"그렇습니다. 통상 문제와 직결되는 것이죠."

"내 생각에는 조선만 허용한다면 아국은 큰 문제가 되지 않을 것 같소."

"왜 그렇습니까?"

"전체적으로 따지면 아국 제품이 우수한 데다, 양이들에게도 광주를 개방하고 있고, 심지어 왜 땅의 나가사키에도 아국의 상관이 있는데, 유독 조선만이 단단히 빗장을 걸어 잠그고, 아국 제품이 쏟아져 들어갈까봐 경계하고 있다고 보는 것이, 나를 비롯한 대부분 아국 관료들의 생각일 것이오."

"일리 있는 말씀입니다."

"하니 그 문제는 나에게 맡기고, 판권 문제까지 매듭지읍시다. 내 생각에는 말이오. 처음이니 우선 판권은 우리에게 일임을 하고, 당신의 말대로 더 많은 제품이 합작 생산된다면 그때가서 그 문제는 재론하는 게 좋겠습니다."

"알겠습니다. 헌데 정말로 양국의 통상에는 문제가 없겠습니까? 제 생각에는 차제에 조선도 항구 하나를 개방케 하고, 청국도 광주만이 아닌 천진이나 그 부근의 항구를 조선에게만 개방하여, 두 나라의 지금까지 쌓아온 선린 우호 관계가 더욱 돈독해졌으면 하는데요?"

"내가 가진 인맥을 총동원하면 조선에 항구 하나를 개방하라고 압력을 넣는 것은 일도 아니나, 북경 부근 가까운 항구를 조선만 개방하는 것은 쉽지 않을 것 같소. 왜냐하면 양이들도 개방해 달라 아우성칠 테니, 그 뒷감당이 무서운 것이오."

"아니면 육로나 항시 개방하든지요?"

"그 문제는 조선만 동의한다면, 봉황성 정도의 소도(小都) 하나를 개방해 상시 교역이 이루어지게 하는 정도는 충분히 가능할 것 같소. 아국 제품이 우수하니까."

교진청의 자신만만한 말에 그날이 결코 오래가지는 못하리라 생각하며 병호가 말했다.

"최상은 천진까지 개방시켜 주는 것이나, 최소한 육로라도 항시 무역로를 열어주셨으면 좋겠고요. 혹시 숙순(肅順)에 대해 잘 아십니까?"

"물론 잘 알고 있소. 정친왕(鄭親王) 단화(端華)의 동생으로, 형과 달리 야심만만한 인물이오."

"친분이 두텁습니까?"

"두터운 정도는 아니지만 안면은 좀 있소."

"소개시켜 주실 수 없습니까?"

"무슨 일로 그를 만나려 하오?"

"솔직히 말씀드리겠습니다. 10년 후에는 그가 조정의 실세가 될 것 같아 미리 친분을 쌓아 놓으려는 것입니다."

"허허, 조선에서도 아국 정치에 관심 있는 사람이 있는 줄은 몰랐고, 10년 후까지 포석을 하는 것을 보면, 당신은 보기보다 무서운 사람이군."

"칭찬인지 욕인지 모르겠습니다."

"하하하! 반반이지만, 내 상대라면 그 정도는 되어야죠. 하하하……!"

그의 웃음이 잦아들자 병호가 물었다.

"어찌 하시겠습니까?"

"그의 의사를 타진은 해보겠지만, 그가 거절한다면 나도 더 이상은 힘을 쓸 수가 없소."

"그 정도면 충분합니다."

"좋소. 그 정도는 내 해주리다."

"감사합니다."

"자, 결론을 지읍시다. 제품을 볼 수 없으니 우선 내가 믿는 사람을 하나 당신들이 귀국할 때 파견할 테니, 그와 나머지는 상의하시오. 출자 금액이라든지, 다른 제품의 생산 여부는."

"알겠습니다."

"자, 모처럼 동방에서 귀인이 오셨으니 어찌 술이 빠질 수 있겠는가? 여봐라!"

"네이!"

밖에 대기하고 있던 하인이 대답하자 교진청이 큰 소리로 명했다.

"주안상 들여라!"

"네, 대인!"

"그전에 약소하지만 제 예물을 받으시지요?"

"뭡니까?"

"홍삼 10포를 준비했습니다."

"그렇게나 많이?"

"약소합니다."

"우리의 친교를 위해서라도 받는 게 예의겠지요?"

"감사합니다."

"남소관에 머물러 있소?"

"그렇습니다."

"숙순과 연락이 닿으면 그곳으로 기별을 하리다."

"감사합니다. 참, 목창아라는 분의 집을 알고 싶습니다."

"그는 무엇 때문에."

"조선 어느 대감의 서찰을 전하기 위해서입니다."

핑계를 댄 병호가 그의 답을 기다리니 마뜩치 않은 표정이지만 허락은 했다.

"필요한 때 사람을 보내시오. 내 안내를 할 수 있도록 해줄 테니."

"감사합니다. 방주님!"

"자, 그건 그렇고, 떠나기 전에는 언제든 우리 집을 방문해도 좋소. 또 체류하며 어려운 일이 있으면 상의를 해도 좋고."

"계속해서 감사하다는 말밖에 드릴 게 없군요."

"하하하!"

이렇게 화기애애한 속에서 바로 들어온 주안상을 앞에 두고 두 사람은 시간을 보냈다. 그리고 병호가 숙소로 돌아오니 궁에 들어갔던 사람들은 아무도 귀대하지 않고 있었다. 벌써 날이 어둑어둑해지는데.

근심이 된 병호가 밖을 서성이고 있는데, 궁에 들어갔던 사람들이 일제히 돌아오는 것이 보였다. 다행이라 생각한 병호가 앞으로 다가가 물었다.

"잘 끝났습니까?"

"물론. 헌데 어찌 상국의 조정 대신들이 한결같이 궁핍해 보이는지 모르겠어?"

김문근의 말에 병호가 물었다.

"왜 그렇습니까?"

"만나거나 스쳐 지나가는 상하 관리들 모두가 기운 옷을 입고 있었단 말이오. 참으로 해괴한 일이 아닐 수 없어."

빙긋 미소를 지은 병호가 말했다.

"그건 아무래도 황제의 검소함 때문이 아닌가 합니다."

"그건 또 무슨 말인가?"

"황제가 절약하느라 낡은 옷을 입고 있으면, 밑의 신하들은 한 술 더 떠 기운 옷을 입고 다닐 수밖에 없겠지요."

"하하하! 일리 있어. 다음에 황제를 뵈러 갈 때는 유심히 살펴봐야겠군."

"아마 제 말이 틀림없을 것입니다. 그렇지 않고서는 달리 원인을 찾을 수 없을 테니까요."

"내 생각도 그래. 저녁은?"

"아직……."

"함께 드세."

"감사합니다."

병호는 곧 김문근을 따라 남소관 안으로 들어갔다. 그가 안으로 들어가 내부를 살펴보니, 대략 4중으로 구분되어 관문(館門)을 들어선 후 첫째 집은 세폐(歲幣)와 방물(方物)을 보관하는 장소이자, 삼사신(三使臣)의 회합장소(廳事)로 사용되고 있었다.

둘째 집은 정사(正使), 셋째 집은 부사(副使), 넷째 집은 서장관(書狀官)의 거처로 사용되고 있었고, 각각의 집마다 건넌방과 좌우의 익랑(翼廊) 등이 있어서 부림받는 사람들이 나누어 거처하도록 되어 있었다.

*   *   *

다음 날부터 삼사신을 비롯한 주요 인물들은 황제를 만나는 예절을 배우기 위한 예행연습을 하고 있는데, 병호는 교진청에게 사람을 보내 목창아의 집을 알아놓았다. 그가 퇴청하면 만나러 갈 속셈인 것이다.

이날 저녁.

병호는 수행원들과 함께 교진청의 집과는 비교적 가까운
위치에 있는 목창아(穆彰阿)의 집을 찾아갔다.

병호는 하인을 불러 김정희의 소개장과 함께 자신의 배첩
도 안으로 디밀었다. 그리고 병호는 지난번 교진청의 일도 있
고 해서 밖에서 한참을 기다렸다. 그러나 한 번 들어간 하인
도 나오지 않고 일절 연락이 없었다.

가라는 말도 들어오라는 반도 없이 2각을 그렇게 서 있으
니 짜증이 난 병호는 그대로 자신의 숙소로 돌아오고 말았
다. 그리고 잠자리에 누워 아무리 생각해도 목마른 놈이 우물
판다고 생각을 달리해야 했다.

게다가 결정적으로 그에게는 전해 내려오는 일화가 있었다.
어제 김문근의 말에서 유추할 수 있듯 당금 황제는 유난히
구두쇠였다. 실제 황제가 옷을 기워 입고, 먹는 음식 비용도
아낄 정도의 위인이었다.

그러니 밑의 신하들이 전부 따라하는 것은 당연했다. 목창
아 또한 예외는 아니어서, 매번 입궁할 때마다 낡은 관복을
입었는데, 황제는 그것을 보고 매양 그가 대신의 풍모를 지녔
다고 칭찬했다.

그러나 그는 바깥에서는 뇌물을 받고 아주 사치하게 살았

다. 특히 도광제의 이러한 점을 이용하여 돈을 많이 챙겼다. 황태후의 생일이 있던 날 도광제는 돈을 많이 쓸까 걱정되어 명을 내려서 사치하게 하지 말라고 하였다.

성지가 내려오자 대신들은 황제가 돈을 아끼려고 한다는 것을 알았다. 그래서 목창아가 앞장서서 황상에게 황상이 내무부의 돈을 한 푼도 쓰지 않아도 되며, 황태후 생신의 모든 비용은 신하들이 부담하겠다고 말한다.

황제는 자연히 기뻐했다. 그리하여 황태후 만주대전의 준비처에 목창아를 처장으로 임명해 주었다. 목창아는 여러 가지 명목으로 각 지방과 부서에서 돈을 뜯어냈다. 목창아는 이 만수대전을 준비하면서 오히려 큰돈을 벌었던 것이다.

또 역사적 사실로 그는 내년이면 벌어질 아편 전쟁에서 적극 화의를 주장한 인물이었다. 이에 왕정(王鼎) 같은 충신은 아편 전쟁 때 화의를 하여 나라를 욕되게 한 것에 통분하여, 스스로 유소(遺疏)하여 대학사 목창아(穆彰阿)가 나라를 그르친 것을 탄핵하면서, 아울러 유배된 임칙서(林則徐)를 재기용해야 한다고 추천한 뒤, 문을 닫아걸고 스스로 목을 매다는 충간을 감행했다.

그러나 목창아는 무슨 일이 있었느냐는 듯 자신의 사람을 시켜 상소문을 없애고 보고서를 따로 작성하여 올렸다. 한마디로 황제의 총애를 믿고 제자와 측근들을 곳곳에 배치해, 20여년 동안 국정을 오로지한 간신배였다.

그런 인물이었기에 병호는 사람을 시켜 다음 날 아침 일찍 홍삼 열 포를 그의 저택에 들이밀었다. 그 약발은 즉각 먹혔다. 말이 홍삼 열 포지, 조선의 가치로도 은 2,500냥 어치요, 이곳의 가치로는 최소 2만 냥에서 2만 5천 냥을 호가하는 돈이었다.

이와 같이 적지 않은 돈이었기에 그 효과가 즉각 나타난 것이다. 즉 이날 초저녁이 되자 그가 하인 하나를 보내 병호를 자신의 집으로 청한 것이다. 이에 병호는 투덜대는 화원 및 이파까지 자신의 전 수행원을 대동해 떠들썩하게 그의 집을 찾았다.

병호가 하인의 안내로 상방에 드녀 오십대 후반의 질 좋은 비단옷을 입고 곰방대를 입에 문, 호인처럼 보이는 노인(?)이 그를 환대했다.

"그대가 추사가 말한 조선의 동량이 될 인재인가? 생각보다 훨씬 젊군."

말이라는 것이 '아' 다르고 '어' 다른 것이라서, 어리다는 말보다는 젊다는 말로 표현해, 상대의 기분을 좋게 해주는 재주를 가진 그의 환대에 병호 또한 적극 호응했다.

"상국의 총신(寵臣)이요, 만주 양람기(鑲藍旗) 출신으로 대학사이자, 군기대신(軍機大臣)이라는 지엄한 자리에 계신 대인을 뵙게 되어, 삼생의 영광이옵니다. 대인!"

"하하하! 우리는 참으로 죽이 잘 맞을 것 같소. 자, 자리에 앉으시오."

"감사합니다. 대인!"

즉시 사례하고 그가 권하는 자리에 앉자 그가 그윽한 웃음을 지으며 물었다.

"그래, 무슨 일 때문에 귀물을 그렇게 많이 보낸 것이오?"

"소인에게 큰 애로사항이 하나 있어서……."

"무슨 일이든 말만 해보오."

"청국의 많은 인구를 믿고 제염 사업을 엄청 크게 벌였는데, 청국이 소금에 관한한 전매제인 것을 모르고 그만……."

"흐흠… 심각한 문제로군. 헌데 그 양이 얼마나 되기에 그렇게 근심하는 것이오?"

"지금 당장은 아니나 몇 년 후면 조선이 다 소비하고도 상국의 몇 성은 소비할 정도가 되는지라……."

"그래요?"

구미가 당긴다는 듯 상체를 기울인 그가 흰 털이 간간이 섞인 수염을 배배 꼬며 생각에 잠겼다 말했다.

"소비할 방도가 없는 것은 아니나, 위험 부담이 커서……."

"위험 많은 곳에 높은 이문이 있다 했습니다."

"하하하! 확실히 작은 형제는 큰 상인이 될 재목이군. 그래,

만약 내가 그 소금을 전량 팔아준다면 내게는 얼마의 이문이 떨어지는 것인가?"

"이익금의 1할을 드리겠습니다."

"에잉, 생각보다 배포가 작군."

그의 수작질에 병호는 내심 웃음이 나왔으나 꾹 참고 고민하는 척하다가 울상을 지으며 말했다.

"운송 비용이며 또 직접 판매하는 사람의 이문도 남겨줘야 하니……."

"운송도 우리가 할 것이고, 판매 또한 우리가 할 것이니, 그쪽은 생산만 하고, 시세의 3할을 내게 주는 것이 어떻겠소? 이익금이야 우리 측에서 얼마가 될지 몰라 하는 제안이오."

"하면 대인께서는 판매 당사자들에게도 얼마간의 이문을 보실 것이니, 우리가 넘기는 금액의 1할을 드리겠습니다."

"빙빙 돌기만 하니 답답해서."

말과 함께 자리에서 일어난 목창아가 잠시 서성이며 생각에 잠겼다 물었다.

"분명 그 양이 많다고 했소?"

"네, 어마어마한 양이기 때문에 1할도 결코 작은 금액이 아닙니다. 년으로 치면 은자 수십만 냥에 이를 것입니다."

"그래? 흐흠… 좋소! 내 사신단이 떠나기 전 판매 당사자를 보낼 테니, 그자와 세부적인 사항은 협의하시오. 됐지요?"

"네. 헌데 또 하나의 고민이……."

"뭔데 그러오? 말만 하시오."

생각지 않은 큰돈이 굴러들어올 것은 생각한 목창아가 기분 좋은 미소로 호의적으로 나왔다.

"양국이 보다 긴밀해졌으면 합니다. 양이들과도 광주를 통해 통상을 하면서도 어찌 제후국이라 할 수 있는 조선은 그런 혜택이 없는지요?"

"그건 아국보다는 조선이 가로막고 있는 것 아니오?"

"정녕 그렇게 생각하십니까?"

"물론."

"하옵시면 이번 기회에 조선도 문을 여는 쪽으로……."

"황제를 통해 그런 압력을 넣어달라는 말이죠?"

"그렇습니다."

"그야, 나 혼자 주창해서 될 일이 아니고……."

자신만만하게 말해놓고 이제 와서 한 발 빼는 그를 보니, 속에 능구렁이 몇 마리는 들어 있지 않나 싶다.

그런 자이니 이자가 또 무엇을 바라고 그러는지 금방 알았으나, 그에 응하지 않고 병호가 말했다.

"백지장도 맞들면 낫다 했으니 몇몇 대신들께도 미리 손을 써놓겠습니다."

"끙……!"

괴로운 신음을 토하던 그가 밖을 향해 벼락같은 음성을 토
해냈다.

"여봐라! 게 아무도 없느냐?"

"네이, 소인 대령이옵니다. 대인!"

"빨리 차를 들이지 않고 무엇하고 있느냐?"

술도 아닌 차 대접을 한다는 그의 말에서 그의 심사를 짐
작한 병호가 엉덩이를 들며 말했다.

"대인을 뵙게 되어 크나큰 영광이었습니다."

"멀리 나가진 않지만, 내 입에서 나온 약속은 틀림없이 지키
니, 젊은 그대도 그 약속 잊지 않기 바라오."

"여부가 있겠사옵니까?"

"됐소. 멀리 안 나가오."

"네. 그럼……."

정중히 목례를 건넨 병호가 그 길로 그 방을 빠져나왔다.

*　　　　*　　　　*

다음 날.

병호는 이곳에 온 목적 중의 하나로 조선을 떠난 신부들은
못 만나더라도 혹시 그들과 관련이 있는 프랑스 신부들을 만
날 수 있을까 싶어, 수소문 끝에 프랑스 신부들이 운영하는,

서십고(西什庫)에 위치한 소위 북당(北堂)이라는 천주당(天主堂)을 찾아갔다.

그러나 결과적으로 병호는 이 역시 헛물만 켜고 말았다. 청 황실의 탄압으로 북당이 폐쇄 된지 이미 몇 년이 지나 있었고, 그곳에 상주하던 프랑스 신부들은 마카오로 쫓겨 갔다는 말을 들었다.

이후 병호는 추사로부터 소개장을 받은 바 있는 무영전대학사 조진용(曹振鏞)의 집을 알아내 그의 집을 찾아갔다. 도광제의 근검절약을 옆에서 거든 사람으로 황제와 아주 죽이 잘 맞는 사람이었기 때문이었다.

조진용은 평소에 한 푼을 쓰더라고 꼭 계산을 하는 사람이었다. 그의 집에는 낡은 노새가 끄는 수레가 있었다. 주방장은 수레를 끄는 잡역부의 역할도 겸하게 했다.

조대학사는 매일 수레를 타고, 아침 일찍 나와서, 채소 시장에 가면 옷을 벗고 수레 속에서 채소 바구니와 저울을 꺼내서 들고는 친히 채소를 사러 간다. 그리고 채소 장사와 가격가지고 싸우다가 자주 약간의 돈 때문에 서로 욕을 하는 지경에까지 이른다.

이 때 조진용은 대학사라는 신분을 드러내고 채소 장사를 아문으로 끌고 가겠다고 위협한다. 채소 장사는 대학사라는 말을 듣고는 깜짝 놀라서 고개를 땅바닥에 박으며 용서를 구한다.

그러면 조대학사는 한 푼의 이익을 보고는 득의만면하여 돌아왔다. 이런 천성은 도광제와 멋진 짝을 이루었고, 황제는 당연히 그와 얘기하면 마음이 잘 맞았다. 매일 조대학사를 궁중으로 불러 이런저런 얘기를 길게 나누곤 하였다.

환관들은 조대학사가 황제와 무슨 국가대사를 논하는 것으로 생각했었다. 그러나 자세히 들어보면 나누는 얘기는 전부 집안의 소소한 일들이었다. 하루는 조 대학사가 낡은 바지를 입고 입궁했는데, 양쪽 무릎에 손바닥 같은 모양으로 새로 기웠다. 황제는 이를 보고서 얼마 들었는지 물어봤다.

조진용은 3전 은자가 들었다고 아뢰었다. 황제는 이 말을 듣고는 매우 기이하게 생각했다. 그러면서 짐도 마찬가지로 두 군데를 기웠는데, 어째서 내무부는 5전 은자를 받아갔는지 궁금하다며 조진용에게 기운 곳을 보여주었다.

조진용은 뭐라고 말할 수가 없어서, 급히 황상께서 기운 것은 훨씬 정성들여서 했으므로 가격이 비쌀 것이라고 말했다. 도광제는 한숨을 쉬고는 이후 궁 안의 황후와 후궁들을 족쳐서 바느질을 배우도록 해야 하겠다고 말했다.

그리하여, 황제의 옷에 구멍이 나면 후궁들에게 주어 기우도록 하니, 이래저래 청의 조정은 거지 소굴로 변했다. 아무튼 이렇게 당금 황제 도광제와는 죽이 잘 맞는 조진용인지라 그의 환심을 사기 위해 그의 집을 찾아든 것이다.

이 역시 병호는 홍삼 10포를 선물로 건네고 그의 환심을 사는데 성공했다. 그리고 다음 날은 진상방의 용두방주로부터 소개받았던 숙순을 찾아가, 이 역시 홍삼 10포를 선물로 안기고, 조선과의 통상을 적극 주창하도록 했다.

그러는 동안 가장 중요한 황제의 생신도 지나갔다. 그 자리에 초대받은 삼사신이 황제가 먹다 물려준 상을 받고 감격해 떠드는 것을 보며 병호는 돌아서서 눈살을 찌푸리지 않을 수 없었다.

이어 자신들에게도 황제가 어떠한 선물을 얼마나 내렸느니하며 감격에 겨워 계속 떠들자 병호는 아예 그 자리를 빠져나와, 일행을 데리고 서점, 골동품, 여타 상가가 밀집해 있는 유리창 구경에 나섰다.

그곳에서 병호는 교수들이 좋아할 만한 서적들을 상당량 구매하고, 청국의 요리도 먹어보았다. 그러나 향신료가 맞지 않아 병호는 크게 고전해야 했다. 이후에도 병호는 연경의 구석구석을 살피며 세월을 보내다, 남소관의 후시에서 남은 60포의 홍삼을 처분했다.

대거 물량을 쏟아내니 한 포당 겨우 네 배인 은 1천 냥씩을 받아, 6만 냥의 은자가 생겼다. 그래도 구입가의 100배에 이르는 차익을 챙겼다. 개성에서 근당 은 10냥에 샀기 때문이었다.

병호가 이렇게 세월을 보내고 있는 어느 날이었다. 그날은 아침부터 겨울을 재촉하는 비가 세차게 내리고 있었다. 그런 날 저녁 그 빗속을 뚫고 미소년 하나가 병호를 찾아왔다.

기별을 받고 병호가 집 밖으로 나가보니 열두 살 정도의 준미하게 생긴 미소년이 지우산을 쓰고 그를 기다리고 있었다. 이에 병호가 점잖게 그 미소년에게 물었다.

"무슨 일로 날 찾는가?"

"일전에 목창아 대인과의 약조에 의해 판매를 맡게 될 분들에게 안내하고자 찾아왔습니다."

"왜 직접 찾아오지 않고?"

"남의 이목이 꺼려져서……."

"알겠네. 그분들은 어디 계신가?"

"소인을 따라 오시겠습니까?"

"잠시 기다리시게."

곧 집 안으로 들어온 병호는 전 수행원을 불러 모아 밖으로 나오니, 밖에는 아직도 비가 내리고 있었다. 다행히 비는 세우(細雨)로 변해 있었다. 곧 장쇠가 다시 안으로 들어가 연행 동안 사용하던 지우산을 들고 나왔고, 다른 사람들도 각자 자신의 우산을 챙겨 나왔다.

"가세!"

"모시겠습니다."

이때부터 소년이 앞장서서 안내를 하는데 길치가 아니더라도 길 잃기 딱 맞게 이리저리 한참을 휘돌더니, 혼잡한 시장 안으로 진입을 했다.

이때는 어느새 비도 그쳐 저녁 찬거리를 사러 나온 많은 사람들로 인해 시장은 북새통을 이루고 있었다. 행여 그를 놓칠까 병호가 소년의 뒤를 부지런히 쫓는데, 소년은 뒤도 안 돌아보고 어느 건물 안으로 쑥 들어갔다.

곧 병호가 그 건물 안으로 들어서니 확 풍겨오는 비린내에 코를 들 수 없을 지경이었다. 인상을 쓰면서도 병호가 소년의 뒤를 따르는데, 전방을 통과한 소년은 벌써 활짝 열린 뒷문 사이로 일행을 손짓을 하고 있었다.

이에 병호가 의아한 듯 바라보고 있는 몇몇 손님들을 밀치고 뒷문을 통과하는 순간 갑자기 측면에서 불쑥 두 장한이 나타나 전방 문을 닫았다. 이에 병호가 벽력같이 고함을 질렀다.

"무슨 짓이오?"

이에 한 몸같이 움직이던 두 호위 무사가 어느새 두 대한의 목에 칼을 겨누고 있고, 역관 김응성(金應聲) 역시 중국어로 똑같이 소리 지르고 있었다.

또한 병호보다 앞서 들어왔던 장쇠 역시 품에서 비수를 꺼내 등 뒤에서 두 대한을 노리고 있었다. 그럼에도 불구하고 두 대한은 태연하게 답했다.

"많은 사람들을 들이기에는 보시다시피 비좁소. 양해하시오."

그제야 안을 살펴보니 정말 마당이라기 하기에도 민망한 수준의 공간에 안채라는 짐작되는 집도 여간 허술해 보이는 것이 아니었다.

"그래도 일행은 들여야겠소."

"마당에 서계셔도 좋다면 들이시오."

"좋소."

병호의 말이 떨어지자마자 두 대한이 비켜섰고 그러자마자 문이 활짝 열리며 이파가 엎어질 듯 마당 안으로 튕겨져 들어오며 고함을 질렀다.

"이 개새끼들 무슨 짓을 하는 것이냐?"

"쉿!"

병호의 동작에 그제야 사방을 둘러본 이파가 어리둥절한 눈으로 사방을 둘러보는데 김수철과 전기도 따라 들어와 마당가에 섰다.

"따라 오시오."

두 대한이 안내를 자처하는데 안채의 문이 활짝 열리며 미소년 외에도 세 명이 마당으로 쏟아져 나왔다.

"아, 이거, 집이 비좁다 보니 결례가 많았소."

포권하며 말하는 자를 보니 한눈에 보기에도 무척 억세 보이는 사십 대의 장한이었다. 그 뒤로 그보다는 열 살 정도 어려 보이는 젊은 청년과, 사십 대의 우락부락하게 생긴 사십 대 장한이 무표정한 얼굴로 일행을 맞고 있었다.

"인사드리리다. 백보단(白寶團)의 장락행(張洛行)이라 하오. 여기는 부두목 왕관삼(王貫三), 여기는 조카 장종우(張宗禹)외다. 자, 자, 이렇게 아니라 누추하지만 안으로 듭시다."

"그전에 한 가지 물어봅시다."

"무엇이든."

대충 감이 왔지만 병호가 확실히 알기 위해 물었다.

"백보단이라는 것이 무엇 하는 단체요?"

"솔직히 말씀드리리다. 소금 밀매 업자들이오. 소위 염호(鹽戶) 내지는 염군(鹽軍)이라 불리는 자들이 우리지요."

"어느 지역에서 활동하고 있소?"

"하하하! 형제는 제법 우리에 대해 아는 모양이외다. 우린 주로 회하(淮河) 일대에서 활동하고 있소이다."

"좋소. 안으로 듭시다!"

"하하하! 담량이 보통 아니외다. 무례했다면 용서하시오."

뒤늦은 사과에 병호는 가타부타 말없이 제가 주인인양 먼저 안채로 발을 들여놓았다. 곧 두 무사와 김웅성이 따라 들어오고 세 염호 또한 안으로 들어왔다. 그러자 방 안이 꽉 차 병호는 나머지 사람은 마당에서 대기하도록 했다.

"술과 고기를 들여라!"

"네, 두목님!"

장락행의 명이 떨어지자 마당 측면의 방인지 주방에서 두 장한이 술 한 동이를 들고 나타났고, 한 대한은 채반에 삶은 돼지고기를 들고 나타났다.

이 모양을 보고 병호가 점잖게 꾸짖었다.

"이 무슨 짓이오? 협상이 끝나기도 전에 술부터 들이다니."

"하하하! 협상이 뭔 필요가 있소? 우린 단지 소형제가 주는 대로 갖다 팔면 되지."

"정녕 그래도 되겠소?"

"설마 청국보다 비싼 소금을 팔자는 것은 아닐 것이니, 우린 소형제를 믿소. 하하하……!"

다시 한 번 거침없는 대소를 터뜨리는 장락행을 바라보며 어이없는 웃음을 짓던 병호가 넌지시 물었다.

"백보단은 회하 일대에서만 활동하는 것이오?"

"물론 그렇긴 하오만, 우리 말고도 중국 전역에는 염호들이 거미줄같이 깔려 있소. 따라서 우리의 한마디면 중국 전역 어느 누구도 수배해 찾을 수 있고, 죽일 수도 있소."

진짜인지 아닌지는 몰라도 일단 고개를 끄덕여 수긍한 병호가 재차 다짐을 받았다.

"장 두령은 우리가 주는 금액에 무조건 팔겠다는 말이죠?"

"그렇소!"

서슴없이 답하는 그를 보고 그의 담대함에 호감이 생긴 병호가 자리에 앉으며 말했다.

"그렇다면 술을 마실 수 있지."

"그전에!"

"또 무슨 절차가 있소?"

"맹약(盟約)이 있어야 하지 않겠소? 우리는 믿지 못하는 자와는 절대 거래를 하지 않소!"

'이거야 원, 어느 날 갑자기 무협지 속으로 뛰어든 기분이군!'

내심 툴툴거리며 병호가 말했다.

"좋소! 소도를 가져오시오."

"여봐라 대접과 소도 하나를 가져오도록!"

"네, 두목님!"

곧 쟁반에 큰 주발과 시퍼렇게 날이 선 작은 칼 하나가 담겨왔다.

"자, 형제부터 하시오."

장락행의 말에 병호는 묵묵히 고개를 끄덕이더니, 서슴없이 소도를 집어 약지를 살짝 베었다. 그리고 뭉클뭉클 쏟아져 나오는 피를 흰 주발에 받았다.

"하하하! 좋소! 이젠 내 차례."

곧 장락행도 소도로 피를 내어 주발에 떨어뜨리고, 이어 왕
관삼과 장종우까지 피를 내었다. 그러자 장락행이 갖다 놓은
한 동이의 독주에서, 조롱박으로 이를 퍼 피가 담긴 주발에
부었다. 그러자 피가 희석되며 마시기 좋게 되었다.

"자, 형제부터 드시오!"

"좋소!"

병호가 장락행이 내미는 주발을 들어 꿀꺽꿀꺽 사분의 일
을 마시고 넘기자, 장락행이 이를 받아 마시고 왕관삼에 이어,
장종우가 최종적으로 주발을 깨끗이 비웠다.

"하하하!"

서로 피 묻은 얼굴을 바라보며 대소를 터뜨리는데 병호는
약지가 아려와 얼른 남 안보는 사이에 그 부분을 꾹 눌렀다.

"자, 자, 오늘 천금 같은 소중한 형제를 만났으니, 어찌 한
동이의 술인들 마다하랴! 듭시다! 자, 우리 소형제부터 한 잔!"

말과 함께 제법 큰 조롱박으로 한가득 떠 병호에게 내미는
장락행이었다.

이에 병호 또한 약하게 보이기 싫어 그 조롱박을 받아 단숨
에 꿀꺽꿀꺽 다 비웠다.

"하하하! 역시 소형제는 우리를 실망시키지 않는구료. 호쾌

해 좋소! 여기 안주!"

장락행이 내미는 소금에 찍은 큼지막한 돼지고기 한 첨을 입에 넣고 병호가 우물거리고 있는데, 조롱박은 벌써 장락행에 이어 왕관삼에 가 있었다. 그런 그들을 보며 병호가 은근한 어조로 물었다.

"곧 겨울이니 명년 봄에 조선으로 한 사람을 초대하고 싶은데 응할 의향이 있소?"

"아니래도 조선의 사정을 알기 위해 한 사람을 파견하려 했소. 종우 네가 봄이 되면 다녀와!"

"네, 두목님!"

장락행이 비록 그의 작은 아버지이나 장종우는 공식적인 자리인지라 깍듯이 두목으로서의 예우를 갖추었다. 그는 조실부모하는 바람에 일찍부터 장락행의 손에 키워졌으니, 그에게는 장락행이 부친과 같은 존재였다.

그들이 권하기도 전에 술 한 바가지를 단숨에 비우고 표정하나 변치 않고 안주를 집으며 병호가 말했다.

"내가 볼 때 청국은 앞으로 큰 변란에 휩싸일 것이오. 가깝게는 양이의 침략으로 큰 수모를 당할 것이고, 멀리 10년 후에는 들불처럼 일어나는 민란에 온 나라가 시끄러울 것이오. 하니 장 두령은 지금부터라도 세를 더욱 확대하고, 단원들의 무예를 더욱 증진시킨다면, 한 지방의 패주도 될 수 있으니 기회를 놓치지 마시오."

"그 말 정말이오?"

처음으로 대화에 끼어드는 왕관삼을 지긋한 눈으로 바라보던 병호가 힘차게 고개를 끄덕이며 말했다.

"믿으시오. 하고 내 말 들어 절대 손해날 것 없잖소?"

"맞소! 헌데 형제는 어찌 그런 예상을 하는 것이오?"

"현재는 비록 임칙서의 활약으로 아편을 몰아낼 수 잇을 것으로 보이나, 절대 영국은 순순히 물러나지 않을 것이오. 왜냐? 그들로서는 아편 외에는 청국에 팔 물건이 없는데, 그렇게 되면 또 전과 같이 은이 청으로 걷잡을 새 없이 빨려 들어갈 텐데, 이는 곧 그 나라가 망하는 지름길이오. 따라서 그들로서는 어찌 사활을 걸지 않겠소. 게다가 당금 황제가 말로는, '역람전현국여가(歷覽前賢國與家), 성유근검패유사(成由勤儉敗由奢)'라 하여, 제왕이 근검절약하면 나라가 융성하고 번영할 수 있을 것으로 보나, 작은 것은 아끼고 큰 것은 외면하고 있으니, 어찌 온 나라가 내우외환에 시달리지 않겠소?"

병호의 말에는 하나 틀린 점이 없었다. '이전의 나라와 집을 살펴보니, 성공은 근검에서 나왔고, 실패는 사치에서 나왔다'라고 하며, 당금 황제가 근검절약에 힘쓰지만 이를 지적한 채 동번의 말 그대로였다.

'헛되이 말(末)에 주의를 기울이다가, 그 본(本)을 다스리지 못했다. 의복을 아끼고 음식을 줄이는 행위는 집안을 다스리기에는 충분하나, 나라를 다스리는 것에는 부족하다' 과연 일국의 황제로서 도광제의 근검절약에 대한 여러 가지 행위는 가소로운 점이 있다.

이는 부국강병을 이루는 방안이 아닐 뿐만 아니라 허위적이고 아부하는 신하들만 잔뜩 만들어냈으며, 외국열강이 중국의 대문을 강제로 열고자 할 때, 그의 근검절약은 아무런 효과를 발휘할 수 없었다. 따라서 도광제는 그의 대청황조를 강성하게 만들지 못했을 뿐만 아니라, 오히려 더욱 쇠퇴하게 만들었던 것이다.

"흐흠! 훌륭한 견해요! 헌데 왜 이렇게 슬프지요?"

장락행의 말에 병호가 빙긋 웃으며 말했다.

"형제답지 않소. 나라가 어지러울수록 더욱 힘을 길러 내일에 대비하는 것이 진정한 호한의 자세가 아닌가 하오!"

"맞소! 우리 소형제야말로 사귄 지는 얼마 안 되었으나, 진정한 내 형제요! 그런 의미에서 한 잔!"

"금방 마셨는데?"

"하하하! 한 잔 더 하시오."

"끙!"

"하하하……!"

괴로운 신음을 토하던 병호가 인상을 써가며 억지로 한 바가지를 비우자, 셋은 박장대소를 하며 이를 즐겼다. 그러나 당하고만 있을 병호가 아니었다.

"백보단의 고문으로 좋은 계책을 알려주었으니, 감사하게 받아들이는 의미에서 형제들도 연속 두 잔씩 비우시오."

"하하하! 고문? 좋소, 좋아! 아니래도 삼가 엎드려 청하고 싶었소이다. 자, 형제들 마시세!"

이때부터 세 사람이 연속해서 두 바가지씩을 퍼마시기 시작했고, 곧 의외의 사건이 벌어졌다.

호한의 생김에 호언과 달리 장락행은 술이 약한지, 이후 해롱해롱하는 바람에 생각보다 병호는 일찍 자리를 파해야 했다.

5~60도 되는 독주 삼분의 일 동이를 마셨더니 술이 강한 병호도 숙취로 이튿날 새벽까지 고생을 하고 있었다. 그래서 끙끙 앓고 있는데 아침 일찍부터 예상치 못한 일이 벌어졌다.

무영전대학사 조진용이 아침 일찍부터 쳐들어와(?) 수선을 피우고 있는 것이다.

"황상께서 찾으시니 대충 씻고 어서 따라와."

"갑자기 황상께서 왜 저를 찾으십니까?"

"그 이야기는 궁에 가면 저절로 알게 될이니, 어서 씻기나 해."

"네."

어쩔 수 없이 쓰린 속을 부여잡고 고양이 세수를 하고 의

관을 정제하고 방을 나서니, 무영전대학사의 출연에 사신단도 뛰쳐나와 병호가 입궁하는 것을 보게 되었다.

"무슨 일이오?"

김문근이 놀란 얼굴로 조진용에게 물었다.

"크게 나쁜 일은 아니니 신경 쓰지 말고, 당신들 일이나 보시오."

"네."

더 이상 대화를 나눌 새도 없이 조진용의 늙은 나귀가 끄는 수레가 떠나고 남은 사람들은 근심스러운 얼굴로 모퉁이를 돌아 사라지는 수레를 응시할 수밖에 없었다.

이각 후.

병호는 입궁해서도 조진용의 뒤를 한참 쫓다 보니, 건청궁(乾淸宮) 내정의 방으로 이끌려 들어갔는데, 그곳에는 마침 황제가 조찬을 들고 있었다.

그런데 그 식탁을 본 병호는 깜짝 놀랐다. 도저히 황제의 식탁이라고 볼 수 없었기 때문이었다. 밥 한 공기에 탕 한 그릇, 그리고 계란 부침에 나물무침 두 접시가 전부인 식사였기 때문이었다.

병호가 그의 검소한, 아니, 초라한 식사에 얼이 빠져 멍하니 보고 있으니, 화들짝 놀란 조진용이 병호를 억지로 앉히며 머리를 조아리며 고했다.

"황상, 데려왔사옵니다."

그제야 정신을 차린 병호도 얼른 고개를 처박고 고했다.

"조선에서 온 소신 김병호, 위대하신 황상 폐하를 뵈옵나이다."

조선말인지라 황제와 조진용 모두 못 알아듣고 멍하니 앉아 있는데, 밖에 대기하고 있던 태감 하나가 고했다.

"고려인 역관 등대하였나이다. 황상!"

"들여라!"

병호 또한 그들의 말을 못 알아듣지만 대충 돌아가는 상황으로 유추하고 있었다. 곧 황제에게 문후 여쭌 고려인 역관이라는 자가 병호에게 말했다.

"황상께 다시 인사부터 드리시오."

"네!"

"조선의 김병호가 영명하시고 위대하신 황상 폐하를 뵈옵나이다."

"하하하! 나이가 생각보다 훨씬 어리나 혀는 기름을 칠한 듯 매끄럽구나!"

역관이 소곤소곤 통역해 주는데 황제의 말은 거기서 끝난 것이 아니었다.

"무영전대학사에게 듣자하니, 더 내핍할 수 있는 방안이 있다고 하던데 그것이 무엇이냐?"

'아, 조대학사의 이야기 끝에 술에 취해 한 이야기를 조대학사가 황상께 그대로 고한 모양이로구나!'

그제야 어떻게 된 일인지 감을 잡은 병호가 빛의 속도로 머리를 굴리며 답했다. 아니, 답을 하기 전에 은근 슬쩍 황제의 차림을 보았다. 사신단의 말대로 정말 기운 용포를 입고 있었다. 이에 내심 빙긋 미소까지 지은 병호가 말했다.

"황상께서는 영명하신 지혜와 위대하신 신안으로 가깝게는 수만리 대청산하의 수억 인민을 살펴 헤아리시고, 멀리는 만방을 살피시되 양이들의 침탈을 경계하시는 것만이, 어선(御膳)이나 의복을 기워 입으시는 것보다, 크게 아끼는 일이 아닌가 하옵니다."

"허, 거참, 맹랑한 놈이네. 계속하라!"

"소신이 알기로 흠차대신(欽差大臣) 임칙서(林則徐)가 광동(廣東)에서 발군의 활약을 하고 있는 것으로 알고 있사옵니다. 영국 상인들이 소유한 아편 2만 상자를 몰수하여 불태우고, 아편상인들을 국외로 추방하는 등 강경수단을 사용하여 큰 실적을 올린 것으로 알고 있사옵니다. 허나 이 또한 작은 것을 아끼다 큰 것을 놓치는 우를 범하고 있는 것이 아닌가 합니다."

병호의 엄청난 말에 병호를 데려온 조진용은 이미 사색이 되어 벌벌 떨고 있었고, 통역을 하는 역관마저 목소리가 떨려 나오기 시작한 지 오래, 황제 또한 노한 눈으로 병호를 응시하고 있었다.

그러거나 말거나 병호는 오늘 아예 죽기를 작정한 사람처럼 제가 하고 싶은 말을 다 쏟아내고 있었다.

"임칙서의 과감한 조처에 놀란 영국 오랑캐가 그대로 물러간다고 생각하면 큰 오산입니다. 그들로서는 상국에 아편을 끊는 것과 동시에 다시 출초 현상으로, 자신들의 은이 상국으로 급속히 빨려 들어갈 것을 명명백백하게 알고 있사옵니다. 따라서 저들 오랑캐들은 자신들의 명운을 걸고 반드시 대국으로 쳐들어올 것입니다. 소신 그 시기가 언제냐 묻는다면 그 시기까지 단언할 수 있사옵니다."

"오호! 그래? 그 시기가 언제더냐?"

병호의 말에 놀람 반, 빈정거림 반이 섞인 황제의 질문이었다. 갸름한 용안에 빛나는 두 눈이, 마치 말 한마디라도 잘못하면 금방이라도 잡아먹겠다고 벼르고 있는 뱀의 눈처럼 번들거리고 있어, 담대한 병호도 오금이 저려왔지만 이왕 목숨을 건 일이었다.

"늦어도 명년 7월을 넘기지 않을 것이옵니다."

"흐흠……!"

침음하던 황제가 낮은 음성으로 물었다.

"왜 그런 생각을 하게 되었지?"

"상국은 차, 생사, 도자기 등 저들이 탐내는 물건이 많으나,

저들에게는 아편과 모직물 외에는 상국에 팔 물건이 없는 것은 황상께도 잘 아실 것이옵니다. 그나마 모직물은 상국이나 우리 백성들도 즐겨 입는 옷이 아니니, 이는 곧 전과 같이 저들의 은이 상국으로, 도도한 장강의 흐름처럼 계속해서 빨려들 것을 저들도 너무 잘 알고 있는 까닭에, 저들 내각 결의로 전쟁을 선포하고 결사적으로 덤빌 것이옵니다. 통촉하여 주시옵소서! 황상 폐하!"

"흐흠……."

또다시 침음하며 잠시 생각에 잠겨 있던 황제가 물었다.

"그러니까 저들의 침략 의도를 알고, 적의 외침으로부터 수억 인민을 보호하는 것이 진정으로 근검절약하는 것이다?"

그의 정확한 분석에 병호는 즉시 엎드려 고했다.

"그렇사옵니다. 황상 폐하!"

"또 아끼는 길은 무엇인고?"

"영명하신 황상 폐하께서는 나라의 대동맥이라 할 수 있는 운하가 막힐세라 끊임없이 이의 개보수에 나랏돈을 투입하고 있사옵니다. 그러나 소신이 아는 현실은 얼마 못가 그나마 운항되던 뱃길마저 끊겨, 이 대도회에 대재앙을 초래할 것이옵니다!"

"그건 또 무슨 말이냐? 네 말 자체가 이치에 맞지 않지 않느냐?"

"거기에는 연유가 있사옵니다. 즉 황상께서는 개보수를 위해 계속 돈을 내려 보내시나, 중간 관료들이 모두 제 호주머니로 챙기고, 운하 보수는 그저 흉내만 내고 있으니, 안 막히면 오히려 이상한 일이 될 것이옵니다. 하니 임칙서와 같이 곧은 자를 하도총독으로 보임하시어, 그 일을 맡기시는 것이 옳은 것 같사옵니다."

"흐흠……!"

이는 황제도 잘 알고 있는 사안이었다. 운하 보수에 계속 돈만 투입되고 큰 실적이 없자, 요즈음은 그나마도 아예 지출을 줄이고 있는 중이었다.

아무튼 병호의 말은 여기서 끝난 것이 아니었다. 입미 바짝바짝 말라 입에 침을 축인 병호의 말이 계속됐다.

"하고, 황상께서 그렇게 검소한 차림에 어선을 드시니, 모두 이를 흉내 내는 일에만 신경 쓰고, 제 할 일은 방기하니 나라 꼴이 어떻게 되겠습니까? 하니 황상께서도 차제에 스스로를 돌아보셔야 합니다. 낡은 옷을 입을 자들만 총애하시고, 사치스러운 옷을 입거나 바른 말을 하는 자는 멀리 외방으로 추방하지 않으셨는지? 일개 제후국의 어리석은 자가 이렇게 간곡하게 아뢰는 이유는, 상국이 잘못되면 그 옆에 붙어 있는 제후국 또한 자연적으로 소멸될 것을 아는 까닭에 죽음을 무릅쓰고 간하오니 통촉하시옵소서! 황상 폐하!"

"실로 오래간만에 짐의 면전에서 충간하는 자를 보았도다.

경의 간하는 말에 기분은 즐겁지 않으나 마음속에서는 계속 옳은 말이라고 속삭이고 있다. 하하하!"

느닷없이 홍소를 터뜨리더니 갑자기 웃음을 멈춘 황제가 한결 자상한 음성으로 말했다.

"네 말이 옳다. 작은 것을 아끼느라, 미처 큰 것을 못 보았구나! 진정으로 아끼는 것은 대국을 보는 것이야. 만약 짐이 계속 작은 일에만 신경 쓰다가, 저 오랑캐들에게 수모라도 당하는 날이라면 참으로 부끄러운 일이 될 것이다. 하하하! 경을 측근에 두고 싶구나!"

도광제의 말에 화들짝 놀란 병호가 급히 부복해 고했다.

"소신이 소신을 알거니와, 대저 민물에 사는 물고기가 대해로 나가면 죽는 것과 같이, 소신 잔재주만 가졌사온즉 통촉하여 주시옵소서! 황상 폐하!"

"비록 흙탕물일지라도 제 놀던 물이 좋다는 말이로구나! 알았다. 경이 짐에게 바라는 것은 없느냐?"

"소신 상국이 진정 번성하여 소국과 같은 나라도 태평성대를 구가하는 것만이 진실로 바라는 바이옵니다. 황상 폐하!"

"사적으로 말이다."

"음! 명색이 황실과 제후국의 관계이나 두 나라 사이에 육로 외에는 길이 없으니, 급히 성안을 우러러 뵙고 싶어도 대해로는 배를 띄울 수 없음이 실로 안타깝사옵니다. 황상!"

"요즈음 신하들이 계속 조선과의 통상을 들먹이며 조선에게도 항구를 하나 열어주자고 하더니 혹시 네 머리에서 나온 것이 아니더냐?"

"맞사옵니다. 잔재주를 피운 소신을 벌하여 주시옵소서!"

"네, 이놈! 그러고도 살기를 바라느냐?"

"경망한 소신을 죽여주시옵소서!"

"하하하! 됐다!"

웃음을 그친 황제가 힘 있는 어조로 말했다.

"네 소원대로 광주를 조선에 개방함은 물론 봉황성에도 상시를 열도록 하겠다. 또한 네 충간으로 인하여 짐이 깨우친 점이 많으니, 그 상으로 천진은 곤란하고, 조선에 한해 영파(寧波)를 개항하겠다."

"성은이 망극하옵니다. 황상 폐하!"

모처럼 선왕 시절 궁내로 들어온 천리교도(天理敎徒)들을 총포를 들고 선두에 서서 막아낸 황자 시절처럼, 호기방장하고 지혜로운 군주로 돌아온 도광제가, 병호의 사은에 기분이 더욱 좋아졌는지 대소를 터뜨리며 말했다.

"하하하! 경만은 수시로 궁을 드나들며 짐을 깨우쳐 주길 바라는 뜻에서 무시 통행패를 발행해 줄 테니 그런 줄 알라. 무영전대학사!"

"네, 황상!"

"나가는 즉시 이행하도록!"

"성은이 망극하옵니다. 황상 폐하!"

"성은이 망극하옵니다. 황상!"

부복한 두 사람을 잠시 넉넉한 웃음으로 바라보던 황제가 조용히 말했다.

"수라를 마쳐야겠으니 그만 나가보도록!"

"성은이 망극하옵니다. 황상 폐하!"

"성은이 망극하옵니다. 황상!"

이때였다. 갑자기 황제가 물러가는 병호에게 말했다.

"나가기 전에 한 가지만 더 묻자."

"하문하시옵소서! 황상!"

"이 경우 너라면 누구의 손을 들어줄지, 네 폐부에서 우러나오는 그대로를 고하거라!"

"명심하겠나이다. 황상!"

"봄철 목란위장(木蘭圍場: 승덕에 있는 청 황실 전용 사냥터)에 있었던 일이다. 어느 날 전통에 따라 제장은 물론 두 황자도 사냥을 나갔다. 그리고 저녁 나절이 되어 두 황자의 사냥물을 비교해 보니, 하나는 전혀 못 잡았고, 하나는 많은 사냥물이 있었다. 해서 짐이 전혀 사냥물이 없는 황자에게 물었다. '너는 왜 잡은 것이 없느냐고?' 그 황자가 답했다. '저들이 미물이나 임신한 것들이 많았사온데, 어찌 그 새끼까지 죽이는 무도

178 조선의 봄

한 일을 자행하겠사오니까?' 너는 이 두 황자 중 누가 더 잘했다고 생각하느냐?"

"아무것도 사냥하지 않은 황자가 더 잘한 것 같사옵니다. 자애롭고 흉금이 넓은 것 같사옵니다. 황상!"

"하하하! 그렇지?"

"네, 황상!"

"됐다. 그만 나가봐라!"

"성은이 망극하옵니다. 황상 폐하!"

뒷걸음질 쳐 나오며 병호는 내심 생각하고 있었다.

'우리 조선으로서는 그렇게 어린 황제가 되는 것이 낫습니다. 나는 이미 당신의 답을 알고 있었고요.'

건청궁을 벗어난 조진용이 병호를 보고 말했다.

"네가 진실로 아뢰는 동안 나는 살이 벌벌 떨려 혼났다. 소형제! 오늘 다시 봤다. 정말 담대해!"

"그것보다도 제가 오늘 깨달은 게 있습니다."

"뭔데?"

"아무리 취중이라 하나 함부로 입을 놀렸다가는 살신지화를 입는다는 것을."

"험, 험! 앞으로 나도 입조심하도록 하지."

조진용의 말에 빙긋 웃은 병호가 말했다.

"너무 가까이 하다가는 타죽고, 너무 멀리하면 얼어 죽으니 적당한 거리를 유지하십시오."

"허, 거참, 오늘처럼 내가 초라해 보인 적은 처음이네. 우리 의형제를 맺는 게 어떨까?"

"됐습니다. 의형제까지 맺었다가는 소제 제 명대로 못 죽습니다."

"하하하! 금방 '소제(小弟)'라 했지. 그럼 이 우형은 우리가 결의를 맺은 걸로 알겠네."

"유관장 삼형제처럼 도화나무 아래서 지전을 태우며 맹세를 하지는 못할지언정, 최소 날 잡아 술 한잔은 해야 할 것 아닙니까?"

"하하하! 그래! 내 황상의 명을 이행하는 대로, 집으로 가 준비를 하고 있을 테니 저녁나절 오시게."

"알겠습니다. 형님!"

"하하하! 고맙네, 아우!"

이렇게 벌써 죽어 귀신이 되었어야 할 백두옹과 13세 소년이 의기투합한 결과, 이날 저녁 두 사람 모두 코가 삐뚤어지는 괴변이 발생했다.

제4장
벽안(碧眼)

다음 날.

병호가 오늘도 조진용과의 술로 괴로워하고 있는데 백보단의 장종우가 아침 일찍부터 찾아왔다. 어쩔 수 없이 병호가 자리에서 일어나 그를 맞으니 그가 말했다.

"약속대로 마카오로 사람을 파견해 신부님들께 조선의 소식을 전하도록 했습니다."

"고맙소이다. 나는 장 두령이 그날 술이 몹시 취해, 끝에 내가 한 말을 잊지 않을까 걱정했더니, 그래도 정신만은 온전했던 모양이외다."

"보기보다 성격이 화급해 술도 남들보다 빠른 시간에 더 많이 마시고 일찍 취하시는 편이나, 취중에도 항상 올바른 정신은 유지하고 계신 걸 여러 차례 보았습니다."

"좋소이다. 명년 봄, 조선에 오는 약속 잊지 말고, 오늘은 이만 자리를 파합시다."

"알겠습니다."

장종우가 물러가자 병호는 그제야 세면을 하고 사람 하나를 진상의 용두방주 교진청에게도 파견해야겠다는 생각을 했다. 가만히 생각해 보니 원래의 약속대로 그가 신임하는 사람을 조선에 데리고 간다 해도, 지금은 제대로 만들어 놓은 물건이 없어 그를 많이 기다리게 할 것 같았다.

따라서 진 상방도 내년 봄에 찾아와야 제대로 협의가 될 것 같아, 병호는 즉시 역관 김응성을 보내 자신의 뜻을 전할까 하다가, 아무래도 결례일 것 같아 자신 스스로 그를 방문해, 자신의 생각을 전하고 그의 동의를 얻었다.

이렇게 병호가 자신이 청국에서 계획한 일을 모두 성공적으로 마쳤을 때, 사신단은 청의 황제를 알현하는 조하(朝賀) 의식을 끝내고, 가지고 간 세폐와 방물도 예부로 보냈다.

뿐만 아니라 청 황제가 조선 국왕에 내리는 회사를 비롯해, 사행의 정관 전원과 수행원 30인까지 하사품을 받아 공식적인 업무는 모두 끝났다. 그러나 사신단은 돌아갈 생각을 않았다.

이때부터 사적으로 중국의 학자들과 접촉해 문화 교류를 함은 물론, 서점과 명승고적 등을 방문하는 것으로 세월을 죽이고 있었다. 이에 한시라도 빨리 조선으로 돌아가고픈 병호는 애가 타지 않을 수 없었다.

조선 사신단이 북경에 체류하는 기일은 명대에는 40일로 정해져 있었으나, 청대에는 정한 기일이 없었으며 대개 60일까지 체류할 수 있었다. 따라서 이 기간 동안 사행원들은 공적인 활동 외에도 이렇게 사적인 일로 대국의 풍물을 감상하고, 문인들과 필담을 나누며 하루라도 체류 기간을 늘리기 위해 애를 쓰고 있는 것이다.

아무튼 애가 단 병호는 그냥 있을 수 없어 부사 김문근, 서장관 남병철, 역관 이상적, 오응현 등을 찾아다니며 일찍 귀국할 것을 종용하였다.

즉 60일을 꽉 채우면 11월 중순부터 1월 중순까지 한겨울 모진 추위를 요동벌에서 보내게 된다. 따라서 이는 귀로에 얼어 죽기 십상일 뿐만 아니라, 동지사나 정조사와도 겹치게 된다.

따라서 이는 협소한 남소관의 실정으로 보아 큰일이 아닐 수 없으므로 조기 귀국하는 게 낫다는 말로 연일 이들을 설득하고 다니니, 이들도 병호의 친분을 고려해 마지못해 응낙하고, 네 명이 또 정사·이희준을 설득하니 그마저 어쩔 수 없이 승낙하고 말았다.

이렇게 되어 조선 사신단이 예부에 귀국 결심을 아뢰니, 특별히 청 황제가 조선 국왕에게 보내는 칙서(勅書) 한 통이 내려왔고, 청의 예부에서는 도착 후 하마연(下馬宴)을 베풀었듯이, 귀환에 앞서서 상마연(上馬宴) 또한 베풀어주었다.

이렇게 귀국길에 오른 연행사절은 하루라도 빨리 귀국하는 것만이 섣달 만주의 모진 추위를 피할 수 있는 길이므로, 모든 일정을 서둘러 40일 만에 귀국하는 초유의 기록을 세웠다. 그러니까 이날이 섣달 스무날로 세밑에 귀국하게 된 것이다.

이날부터 병호가 연 사흘 부지런히 쫓아다니며 밀린 일을 처리하고 있는데, 조정에서는 청 황제가 내린 칙서로 인해 온통 벌집을 쑤셔놓은 듯 의견이 분분했다.

그러던 사흘째 되는 저녁, 김좌근이 사람을 보내 병호를 찾았다. 이에 병호는 만사를 제쳐두고 득달같이 그의 집을 찾았다. 병호가 자리를 잡자마자 좌근이 다짜고짜 물었다.

"자네는 개항에 대해서 어떻게 생각하나?"

이에 병호는 내심 '올 것이 왔구나!' 회심의 미소를 지으며, 시침을 뚝 떼고 물었다.

"갑자기 무슨 개항 이야기입니까?"

"청 황제로부터 칙서 한 통이 도착했는데 그 내용에 따르면, 자신들이 광주와 영파 두 항구를 조선에 한해 개방하고, 봉황성에서도 상시를 열 테니, 조선도 항구 하나를 개방해 통상을 보다 적극적으로 하자는 거야. 그러니 이 일로 조야가 시끄러울 수밖에."

"흐흠……!"

침음하며 잠시 생각에 잠겼던 병호가 심각한 안색으로 자신의 생각을 말하기 시작했다.

"결론부터 말하면 개항을 해야 한다고 생각합니다. 그래야 우리가 개발하는 제품도 청국에 팔아먹을 수 있지 않겠습니까?"

"그야 그렇지만 아직은 저들이 우리에게 팔 물건이 많은데, 그렇게 되면 우리 은이 저들에게 빨려 들어가지 않겠어?"

"물론 일시적으로 그럴 수도 있으나, 계속 개발되는 우리의 제품으로 인해 곧 역전이 될 것입니다. 하고 저들에게는 1천 3백의 작은 조선 시장을 개방하는 것이지만, 우리에게는 4억이 넘는 큰 시장이 새로 생기는 일이므로, 청국과 왜는 적극적으로 통상을 하는 것이 좋겠습니다. 저들이 양이들과 같이 서학을 전파하는 것도 아니고요."

"흐흠… 일리 있는 이야기인데……."

"어차피 청 황제의 명을 거역하면 더 많은 문제가 생기므로, 차제에 항구 하나쯤은 개방하는 것이 좋겠습니다."

"하면 어느 항구가 제일 좋겠는가?"

"무역을 하는 입장에서야 한양과 가까운 인천항이 개방되는 것이 제일 좋겠으나, 이를 반대하는 사람들도 무척 많을 것으로 사료되어집니다."

"내 생각도 그래. 개항을 하되 청국마냥 연경에 가까운 곳이 아니라 좀 더 멀리 떨어진 항구를 개방하자는 자들이 많을 거야."

"기왕 개방할 것이면 우리 가문에서는 인천항을 개방하지고 주장하시죠?"

"아무리 조정에서 우리 가문의 세가 막강하다고는 하나, 모두가 공감할 수 없는 내용이 아니면, 우리 가문의 사람조차 설득하기가 어려워."

"그렇게 주장을 하다가 양보하는 척하며 강화도를 개방하는 것은 어떻겠습니까?"

"조삼모사(朝三暮四) 꼴이지만, 그렇게라도 하는 것이 인천을 개항하는 것보다는 더 많은 신하들의 동조를 이끌어낼 수 있겠지. 허나 가장 중요한 것은 정말 우리 조선의 산품이 저들 나라로 많이 수출되어, 역초되는 일이 없도록 하는 것이야. 정말 자신 있나?"

"당장은 홍삼 무역만으로도 저들과 큰 차이가 없는 대등한 무역이 될 것이고요. 늦어도 삼 년 안에는 저들이 다시 항구를 닫지 않을까를 걱정해야 될 것입니다. 금번에 청국에 가서 청국 상인과의 합작은 물론 우리가 생산해 내는 제품의 판매 길도 열어 놓았습니다."

이렇게 운을 뗀 병호는 이후 진상의 용두방주 교진청과 나눈 이야기를 대충해 주었다. 그러나 소금에 대해서는 일절 언급을 하지 않았다. 그런 내용을 한 사람이라도 더 알아 좋을 것이 없을 것이라 생각했기 때문이었다.

곧 가문 회의를 소집해 인천 개항 쪽을 주장하다 궁극에는 강화도를 개방하는 쪽으로 둘이 의견을 모으고 이날 두 사람은 헤어졌다.

밀린 일을 대충 처리했다고 생각한 병호는 다음 날 바로 송의 대행수를 부르는 인편을 띄우고, 지난번 주문한 2천석을 실을 수 있는 선박이 건조되었는지에 대해서도 확인을 했다.

그 결과 세 척이 건조되었다는 말에 즉시 잔금을 주고 인수토록 했다. 그리고 사흘이 지나자 개성에서 전계 대행수 공영순과 그의 아들 공창규가 병호의 사무실을 찾아들었다.

둘을 반갑게 맞아들인 병호가 자리를 권하며 말했다.

"그간 삼포는 많이 늘렸습니까?"

이에 공영순이 밝은 표정으로 답했다.

"사장님의 말씀을 듣고 충청도 금산과 괴산의 밭을 사들여 꽤 넓은 면적의 삼포를 조성한 결과, 착근(着根)하는데 성공

함은 물론 아직까지는 잘 자라고 있는 점으로 미루어보아, 더 넓은 면적의 삼포를 조성하려 합니다. 감사합니다!"

"하하하! 좋은 결과가 있어 다행입니다. 하고 조만간 약속한 150만 냥도 입금을 시켜야겠습니다."

"그게 무슨 말씀이신지……?"

"우리의 약속을 잊었던 말이오?"

"하면 정말 강남으로 홍삼을 팔 수 있게 된 겁니까?"

"지금 조정에서 한창 논의 중에 있으니 아마 그렇게 결론이 날겁니다."

"우리로서는 참으로 기쁜 일이 아닐 수 없군요."

"저쪽은 광주와 영파를 개방하고, 책문후시의 저들 거래 거점인 봉황성이 상시(常市)로 개방이 될 것이고, 조선은 아마도 강화도가 개방되지 않을까 생각하고 있습니다."

"좋은 정보 고맙습니다. 그나저나 저들과 교역을 하려면 긴급히 큰 배가 필요하겠군요."

"당연하죠."

"이거 큰일인데, 설마 하는 마음으로 미처 준비를 못하고 있었는데……."

"하면 충청도에 삼포는 왜 조성하셨습니까?"

"그야, 개성이 이미 포화 상태니 새로운 삼포가 필요했기에……."

"어폐가 있습니다만, 늦었다 생각할 때가 가장 빠른 시점이라 했으니, 지금부터라도 빨리 준비하시고, 일단은 우선 우리가 건조한 2천석 배로 무역을 하고, 광주에 가서 선박을 사는 방법도 고려해 보는 것이 좋겠습니다."

"양이선도 가능할까요?"

"지금 당장은 너무 세론을 자극할 수 있으니, 가급적 청이나 여타 동양 상선을 구매하는 것이 좋겠습니다."

"알겠습니다. 그에 대한 준비도 하겠습니다. 그런데 듣자하니 여러 새로운 상품을 많이 만들어 내신다고요?"

"아직은 그렇게 새로울 것이 없으나, 내년에는 많은 제품이 쏟아져 나올 것으로 생각하고 있습니다."

"만상과 철덕은 물론 그 연관 제품을 함께 생산하기로 한 게 맞습니까?"

"맞습니다."

"하면 우리와도 다른 제품에 대해 합작 생산하는 것은 어떠신지요?"

"아직은 그럴 생각이 없으나 만약 필요하다면 검토해 보도록 하겠습니다."

"꼭 부탁드리겠습니다."

급히 자리에서 일어나 머리를 조아리는 공영순을 보고 미소 지으며 병호가 말했다.

"내가 보고 받기로 내년 봄까지는, 내가 계획한 100정보보다 배가 많은 200정보의 새로운 염전에서, 많은 양의 소금이 쏟아져 나올 테니 판매에 만전을 기해주시기 바랍니다."

"저희들이야 천일염이 없어서 못 팝니다만, 가격은 지금과 같이 한 가마에 8냥으로 유지해야 할까요?"

"당분간은 그렇게 유지하는 게 좋겠습니다. 왜냐하면 우리가 대폭 가격을 내리면, 미처 생산은 안 되는데 가격 경쟁력을 잃은 기존 소금가마가 먼저 사라지게 될 것이고, 이는 때 아닌 소금 전쟁을 불러 올 것인즉, 조선 백성들을 위해서라도 피해야 할 것입니다. 하고 여기에는 다른 이유도 있으나 지금은 밝힐 것이 아닌 것 같습니다."

군이 자신의 입으로 밝히기 싫다는데 다시 묻는 것도 예의가 아니므로 공영순이 화제를 전환했다.

"김 사장님의 말씀대로 의주 쪽에 상설 시장이 열리고 개항이 된다면, 우리 상인들로서는 천지개벽이 아닐 수 없습니다. 홍삼 외에 다른 수출할 물건을 찾는 것도 급선무이겠군요."

"그렇습니다. 청국 물건보다는 우리 조선 물건을 더 많이 팔수 있도록 하는 것이 우리 상인들의 직분이 아닌가 합니다."

이렇게 이야기한 병호는 둘의 이야기가 겉도는 것 같자, 바로 자리에서 일어나며 양해를 구했다.

"철저한 준비를 부탁드리고요. 오늘은 이만 합시다. 내 벌려 놓은 일이 많다 보니 바빠서 말이죠."

"오늘 좋은 정보 감사합니다. 돌아가는 대로 150만 냥을 계중과 상의하여 즉시 입금시키도록 하겠습니다."

"그 안이면 조정에서도 확실한 결론이 날 테네, 확실한 소식을 듣고 입금해도 늦지 않습니다."

"알겠습니다. 또 뵙도록 하겠습니다."

"멀리 못 나갑니다."

"별말씀을."

둘이 나가자 병호는 곧 연구소로 향했다.

이때였다. 멀리서부터 그를 부르며 뛰어오는 사람이 있었다.

"사장님, 사장님!"

병호가 가던 걸음을 멈추고 바라보니 경비원이었고, 뒤에는 턱수염 하나 없이 희멀건 자가 종종 걸음으로 쫓아오는 것이 보였다.

병호가 멈추어 서서 기다리고 있으니 경비원이 다가와 말했다.

"궁에서 대전내관이 찾아와 사장님을 뵙자고 합니다."

"알았으니 가서 일보시죠?"

"네, 사장님!"

깍듯이 예를 표하고 돌아서는데 그동안 가까이 다가온 대전내관이 병호에게 말했다.

"주상전하께서 찾으십니다."

"혹시 무슨 일로 그러시는지 알고 계시오?"

"잘 모릅니다."

"짐작 가는 바도 없소?"

"확실히는 모르겠으나 친정(親政)을 시작한 일과 관계가 있지 않나 싶습니다."

대전내관의 말처럼 주상 환은 이틀 전부터 막 친정을 시작한 참이었다. 그러니까 원 역사보다 딱 1년 빨리 대왕대비 김씨가 수렴청정을 끝내고, 주상이 몸소 정사를 돌보게 된 것이다.

"알겠소. 가봅시다."

"따르시죠."

"네."

이렇게 되어 두 사람은 한강을 건너 입궁을 하게 되었다.

병호가 대전내관의 안내로 희정당에 들어, 전각 안을 서성이고 있는 주상에게 급히 부복해 고했다.

"소신 부름받고 등대하였나이다, 전하!"

"아! 어서 오오! 왜 그간 궁에 한 번도 들르지 않았소?"

"쓸데없이 드나들 일이 아니라 생각했기에……."

"무슨 섭섭한 말이오? 과인이 무시로 드나들며 고견을 들려주라 하지 않았소?"

"소신의 생각이 짧았습니다. 앞으로는 소신 자주 드나들며 전하의 용안을 뵙도록 하겠사옵니다."

"하하하! 그래요. 아주 잘 생각했소. 자, 그만 일어나 편히 앉아 이야기를 합시다."

"성은이 망극하옵니다. 전하!"

병호가 사은하고 엎드린 자세에서 무릎을 꿇고 앉으니 주상이 말했다.

"오늘 경을 부른 것은 다름 아니고, 아무리 상국 황제의 명이라 하나 개항을 해야 옳은 것인지, 판단이 잘 서지 않아서 말이오."

"결론부터 말하면 개항을 하는 것이 대세가 아닌가 합니다. 그 이유는 세상의 중심이 이제는 청국이 아니라 양이로 옮겨 갔기 때문입니다."

"하면 양이들이 더 잘산다는 말이오?"

"그렇사옵니다. 전하! 그들은 증기기관이라는 것을 발명하여, 말 수백 마리가 일시에 끄는 힘을 지닌 철마가 제 스스로 달리는 것은 물론, 그 동력을 이용하여 많은 인부를 고용하지도 않고도 실을 뽑아 옷감을 짜고 있는 실정이옵고, 화포도 우수하여 명년에는 우리가 상국으로 떠받들고 있는 청국이 큰 수모를 당할 것이옵니다. 전하!"

병호의 말에 주상 환이 믿기지 않는다는 투로 되물었다.

"정말 양이들이 그런 세상을 만들었고, 청국이 수모를 당한 다니 좀 더 자세히 말해보오."

"소신의 말은 한 치의 거짓도 없사옵니다. 현재 청국은 수많은 중독자로 인하여 골치를 썩고 있는 아편을 추방하기 위해 임칙서라는 위인을 흠차대신으로 임명하여, 양이의 아편상들을 국외로 추방하고 있사오나, 순순히 물러날 양이들이 절대 아니옵니다. 아마 내년 6월쯤이면 이를 보복하기 위해 영국이라는 나라는 군선을 동원하여 청국과 큰 전쟁을 벌일 것입니다. 허나 청국은 안일로 인하여 이 전쟁에서 대패하고 몇 개의 항구를 강제 개항하는 것은 물론, 큰 규모의 전쟁 배상금을 지불하느라 곤욕을 치를 것이옵니다. 하니 우리 조선도 일찍이 문호를 개방하여 저들의 뛰어난 점은 받아들이는 등, 세상을 개혁하는 길만이 청국의 전철을 밟지 않는 첩경이 될 것이옵니다."

"흐흠… 경의 말대로라면 진정 큰일 아니겠소?"

"늦었을 때라 생각한 시점이 그래도 가장 빠른 시점 아니겠사옵니까? 하니 동양의 어느 나라보다 빨리 문호를 개방하여, 저들의 선진 문물을 받아들여 국력을 키우는 길만이, 우리 조선이 영구히 살길임을 통촉하여 주시옵소서! 전하!"

"알겠소. 일단은 상국 황제의 명대로 항구 하나를 개방하고, 돌아가는 추이를 좀 더 지켜본 후 나머지는 결정하는 게 낫겠소. 자, 그건 그렇고 이젠 과인이 친정을 하게 되었는데, 경이 보기에 가장 유념해야 할 점이 무엇이라 보오?"

"경하드리옵니다. 전하! 소신이 보기에는 세 가지 우선해야 할 일이 있다고 봅니다. 첫째는 기존 기득권층인 양반 관료들의 적폐를 일소하는 일. 두 번째 삼정을 바로 잡는 일. 세 번째로는 산림 녹화입니다."

"좀 더 자세히 말해보오."

주상의 말에 병호는 잠시 생각을 가다듬고 신중한 표정으로 입을 떼었다.

"서원을 중심으로 한 양반 관료들의 백성에 대한 수탈을 막아야 하고, 삼정(三政)은 문자 그대로, 전정(田政), 군정(軍政), 환곡(還穀)제도를 바로 세워야 합니다. 하고 계속 이대로 남벌이 자행된다면 해마다 큰 물난리를 겪는 것은 물론, 여러 크고 작은 피해가 발생할 것이오니, 나무를 심는 등 치산 대책을 세워야 할 것이옵니다. 전하!"

병호가 계속해 산림녹화를 강조하는 것은 원 역사에서 그의 재위 기간 15년 동안, 9년에 걸쳐 수재(水災)가 발생할 정도로 이미 산림이 많이 황폐해 있었기 때문이었다. 아무튼 병호의 말에 주상이 침음하며 답했다.

"흐흠… 일단 알았소. 그 외에 달리 할 말은 없소?"

'신혼 재미는 어떻사옵니까?'

자신도 모르게 이 말을 뱉으려다 병호는 급히 입을 다물었다. 왕에게 물어야 할 언사가 아니라 판단했기 때문이었다.

아무튼 병호의 생각대로 주상 환은 금년 9월 9일 기존의 김조근의 여식과 정식으로 혼례를 올렸다. 이는 원 역사보다도 두 해나 빠른 일로 병호의 등장과 무관치 않은 일이었다.

급히 입을 닫는 병호가 이상한지 주상이 물었다.

"왜 그러는가? 할 말이 있으면 하라."

이에 병호가 급히 둘러대었다.

"소신이 지난번에 진언드린 대로 많이 들으시고, 심사숙고한 후에 국정을 판단하신다면 큰 과오는 없을 것 같아 말씀드리려다, 불경인 것 같아 입을 닫은 것이옵니다."

"하하하! 난 또 뭐라고. 경의 말대로 할 것이니 너무 걱정 마오."

"성은이 망극하옵니다. 전하!"

이후 두 사람의 대화가 더 이어졌으나 사담에 가까웠고, 이각 후 병호는 궁을 물러나왔다.

그리고 이틀 후.

병호의 주장대로 강화도를 개방하기로 했다는 소식이 이파 및 김좌근으로부터 동시에 전해졌다.

또 그로부터 채 삼 일이 지나지 않아 공영순으로부터 200만 냥이 일괄 입금되었다. 전의 150만 냥 중 채 입금되지 않은 50만 냥과 홍삼 무역 개시시 빌려주기로 한 150만 냥이 합해진 금액을 일시에 진양보에 예치한 것이다.

원래의 약속대로라면 1년 빨리 100만 냥을 낸 것이 되나, 이는 아무래도 공영순이 계속 생산되어 나올 제품들을, 자신들이 구축한 송상을 통해 판매할 욕심으로 그렇게 한 것이 아닌가 하고 병호는 판단했다.

아무튼 이렇게 한 해가 마무리되고, 새해, 즉 1840년 경자(庚子) 해가 밝아왔다. 그러자 병호는 제일 먼저 의외의 곳을 방문했다. 즉 그가 이파와 장쇠 두 호위 무사 그리고 지난번에 보상들의 정보를 담당하기로 한 우부빈객 우완식을 데리고 찾아간 곳은, 보상(褓商)들의 단체인 보단(褓團)이었다.

원래 보부상은 부상(負商)과 보상(褓商)의 두 개의 상단(商團)으로 구분되었고, 취급하는 물품도 각각 달랐다. 부상은 나무, 그릇, 토기, 철물 등과 같은 비교적 크고 무거운 일용품을 상품으로 하여, 지게에 지고 다니면서 판매하였기 때문에 '등짐장수'라고 불렸다.

이에 비해 보상은 비교적 값비싼 필묵, 금, 은, 동 제품 등과 같은 정밀한 세공품(細工品)을 보자기에 싸서 들고 다니거나, 질빵에 걸머지고 다니며 판매하였기 때문에 '봇짐장수'라고 불렸다.

　아무튼 전날 미리 통보를 하였으므로 보단의 최고위직인 대방(大房)이 여러 임원을 이끌고 마중을 나왔다.

　"어서 오시지요. 사장님!"

　"반갑소이다. 김병호라 합니다."

　"대방 최혜승(崔惠承)이라 하옵니다. 하고 이 사람들은……"

　이렇게 시작된 서로의 수인사가 잠시 이어지고 병호는 곧 최혜승의 안내로 사무실 안으로 들어갔다. 양편이 자리를 잡고 앉자마자 병호는 곧 본론으로 들어갔다.

　"내가 보단을 찾게 된 것은 다름 아니라 이 물건들을 여러 분들을 통해 팔려고 함입니다."

　말과 함께 병호는 장쇠가 들고 온 보따리를 탁자위에 올려 놓았다. 그리고 이를 풀어놓으니 보단 임원들의 시선이 일제히 각 제품으로 쏠렸다.

　그곳에는 병호가 만든 칫솔치약을 비롯한 향장품 외에도 더욱 맛이 좋아진 조미료 봉지도 함께 있었다. 즉 새로운 상품에는 기존 멸치와 다시마 외에도 말린 새우와 조개 등도 갈아 넣어, 그 깊은 맛이 더 우러나오도록 개량된 제품이었던 것이다.

　그리고 그가 가져온 향장품도 일일이 포장이 되어 있어 기존 조선 물품들과는 차별화되어 있었다. 지금까지 조선에서

팔리고 있는 물건들을 보면 포장은 어림도 없는 일이고, 대충 짚이나 그냥 물건 자체 그대로를 판매하는 형태라 병호가 가져온 물건들이 더욱 있어 보이는 것도 사실이었다.

"이게 다 뭡니까?"

"포장을 뜯고 한번 살펴보도록 하시오."

"그래도 되겠습니까?"

"물론이오."

병호의 허락이 떨어지자 이들은 일제히 달려들어 제각기 온갖 향장품들을 뜯어놓고, 그 모양을 보는 것은 물론 손수 만져보거나 심지어 그 냄새까지 맡아보는 등 요란 법석을 떨었다. 그리고 한참 후 대방 최혜승이 물었다.

"참으로 신기한 물건이 많사옵니다. 이것을 정녕 우리가 들고 다니며 판매해도 되는 것인지요?"

"물론이오. 하지만 저 먼 곳에 있는 사람들까지 인천으로 물건을 떼러 올 수는 없는 일일 것이니, 그런 분들은 송상의 각 전방에서 떼어다 파는 것이 좋겠소이다."

"물론 그렇게 해야겠지요. 헌데 우리에게 이런 혜택을 주는데는 달리 요구 사항도 있을 것 같습니다?"

"상부상조합시다. 팔도에 산재한 보상들이 전하는 정보 중 특이한 것이 있다면 우리에게도 꼭 알려주었으면 하오."

"요는 우리에게 수집된 소문 중 특이한 것이 있으면 넘겨달라는 것 아니오?"

"그렇소."

"흐흠……!"

잠시 생각에 잠겼던 대방 최혜승이 답했다.

"크게 어려운 일도 아니니 명에 따릅지요."

"고맙소이다."

사례한 병고가 갑자기 엉뚱한 질문을 했다.

"혹시 부상들과 단체를 합칠 의향이 없는지요?"

"글쎄요……?"

말을 끌며 잠시 생각에 잠겼던 최혜승이 답했다.

"아무리 생각해도 그들과는 서로 취급하는 품목도 다르고, 오래 서로 단절된 채 지냈으니 합치는 것이 쉽지만은 않을 것입니다."

"내 생각에는 서로 합치는 것이 여러모로 유익할 것 같아 드리는 말씀이니 내가 돌아간 후라도 재고해 보는 게 좋을 것 같습니다."

"말씀대로 하죠."

그러나 말과 달리 최혜승의 답이 형식적인 것 같아 병호는 큰 기대를 하지 않았다. 아무튼 이후 병호는 이들의 제품을 판매할 때 이를 돕기 위해 상품에 대한 세세한 정보를 알려주었고, 이것이 끝나자 미련 없이 그곳을 물러나왔다.

사무실로 돌아가며 병호가 이파에게 물었다.

"누원에 짓기로 한 여각은 완공이 되었지요?"

"네."

일단 답한 이파의 말이 이어졌다.

"그래서 지난번 지시한 대로 송상의 정보를 관장하는 이재학 좌부빈객이 그곳으로 옮겨갔고, 여기 있는 우완식 우부빈객이 이미 칠패 여각에 들어, 오늘 같은 날을 학수고대하고 있었습니다."

"잘했소."

이렇게 해 병호가 자신의 연구소로 돌아오니 경비가 뜻밖의 소식을 전했다.

"사장님! 마카오에서 최양업이라는 청년이 찾아왔기에 일단 사무실에서 기다리도록 했습니다."

"잘했소."

최양업은 병호가 중국 백보단을 빌어 마카오로 조선의 소식을 전한바, 이를 듣고 찾아온 손님이었던 것이다. 곧 병호는 사무실에 도착해 기다리고 있던 최양업이라는 사람을 처음으로 만나 볼 수 있었다.

약관인 듯 보이는 청년에게 병호가 대뜸 물었다.

"최양업이라고요?"

"네, 엥베르 교구장님의 지시로 찾아뵈었습니다."

"그분은 어디 계시오?"

"그분을 비롯한 다수의 서양인들이 고산군도에 계십니다."

"뭐라고?"

너무나 놀라 반말이 튀어나오는 것도 모르고 병호는 서둘렀다.

"갑시다."

"어디를……?"

"어디긴 어디요? 고산군도지."

병호가 서둘러 밖으로 나가자 최방제는 물론 그의 수행원들이 황급히 그의 뒤를 따랐다.

병호가 최대한 서둘러 이틀 만에 도착한 곳은 고군산군도 내에서도 선유도(仙遊島)였다. 이곳에 비밀 화약 및 무기 연구소가 있었고, 무관 경비원들을 교육하기 위한 숙소 및 부대시설도 축조되어 있었다.

그러나 병호가 운용하지 않는 바람에 현재는 경비대의 숙소로 사용하고 있었다. 그래도 시설에 충분한 여유가 있었기에 경비원들이 앵베르 주교 및 여타 서양인들을 임시로 이곳에 수용한 모양이었다.

아무튼 병호가 이곳에 도착했을 때는 막 어둠이 내려앉기 시작한 무렵으로, 병호 일행이 탄 배가 전에 수군 본부로 사용했던 수군 본영에 도착하니, 경비를 서고 있던 무관 경비병

20명이 일시에 배로 몰려들었다.

"누구냐?"

"나요. 김병호!"

"아, 사장님! 죄송합니다. 어서 뭍으로 오르시지요?"

"죄송하긴요. 제대로 경비하고 있으니 나로서는 즐겁기만
하군요."

사과한 최성환 경비대장을 위로한 병호가 그에게 물었다.

"앵베르 주교님을 비롯한 서양인들이 있는 곳으로 갑시다."

"모시겠습니다."

최성환이 앞장을 서고 나머지 경비들은 다시 본래의 자리
로 돌아가 경비에 임했다. 최양업을 비롯한 병호의 수행원들
도 뒤를 따르는 가운데 이들은 한참을 걸어 선유도 내에서도
사방이 산으로 둘러싸인 분지 내로 들어갔다.

아직 초저녁이라 실내는 비록 불이 밝혀져 있을 것이나 두
꺼운 천으로 불빛이 새어나올 만한 곳은 모두 가리게 했으므
로 분지 내는 어둠 그 자체였다. 어쨌거나 최성환이 안내하는
곳을 따라 들어가니 현대의 내무반 같은 구조에 파란 눈(碧
眼)의 이방인들이 우글거리고 있었다.

이에 병호가 최성환을 꾸짖었다.

"어찌 신부님도 같이 이런 곳에 기거케 한단 말이오?"

이때였다. 최성환이 무어라 답을 하기도 전에 앵베르 주교

가 나타나 병호를 얼싸 안으며 말했다.

"반갑소! 형제는 그를 꾸짖지 마시오. 내가 자원한 것이니까."

"아, 이제는 제법 조선말을 잘하시는데요?"

"많이 공부했소이다."

병호의 말대로 앵베르 주교의 조선어는 비록 어눌하지만 자신의 의사는 분명 표현하고 있었다.

"자원했다니 무슨 말입니까?"

"나를 믿고 먼 이역에서 온 사람들인데 내가 없으면 불안해하는 통에 내 방을 따로 주었지만 이들과 함께 기거하고 있는 것이라오."

"무슨 말인지 알겠습니다. 헌데 왜 함께 간 조선 신도들이나 두 신부님이 안 보이십니까?"

"그들 모두는 김 사장을 돕기 위해 다시 프랑스로 돌아가 유학생들 뒷바라지를 하거나, 김 서장의 서신에 쓰인 인물들을 모셔오기 위해 나름 분주하게 움직이고 있소이다."

"감사합니다. 주교님!"

"그런 말 마시오. 김 사장이 잘 되면 나라에서도 우리를 달리 생각할 것이라는 계산 속에 움직이는 것이니까. 신앙인으로서는 좀 속이 보이는 일이나 상부상조합시다."

"하하하! 좋습니다."

"헌데 우리의 포교는 어찌 되었소? 우리를 탄압하는 무리들이 조정에서 물러났다는 말은 김 사장이 전한 인편에 들어 알고 있소이다만?"

"지난번에 제가 말씀드린 대로 포교는 시기상조고, 묵인은 할 겁니다."

"그렇게만 되어도 우리는 큰 다행이 아닐 수 없소이다. 자, 김 사장의 기대가 클 것인데, 어느 분을 제일 먼저 만나보고 싶소."

"혹시 성냥을 발명하기 위해 애쓰는 분도 모셨는지요?"

"그렇소이다."

"뵈트거 어디 계시오?"

앵베르 주교의 부름에 병호를 원숭이 보듯하는 무리 속에서 35세 전후의 한 이방인이 뚜벅뚜벅 병호 앞으로 걸어 나왔다. 그가 병호 가까이 오자마자 다짜고짜 물었다.

"그대가 안전성냥을 만들 수 있다고 자신한 사람이오?"

그가 비록 독일어로 물었지만 독어, 불어, 영어에 능통한 앵베르 주교가 무난히 통역하는 바람에 병호는 쉽게 알아들을 수 있었다.

"그렇소이다."

"그 방법을 말해주시오."

"그전에 여러 가지 논할 것이 많지 않겠소?"

"그, 그건 그렇소. 조급한 마음에 내가 너무 서두른 듯하오."

"자리를 옮기실까요?"

병호의 말에 주변을 둘러보던 뵈트거가 앞장서가는 병호 및 앵베르 주교의 뒤를 따랐다. 그는 무언가 쫓기는 듯 불안한 표정이었다.

병호가 옮겨간 곳은 교관들의 사무실로 쓰려던 곳으로 그가 그곳에 들어서니 캄캄한 것은 둘째 치고 냉기가 훅 끼쳐왔다. 근래 전혀 사용하지 않아서 그런 모양이었다.

어쨌거나 따라온 최성환이 급히 초에 불을 붙이고 물었다.

"난로를 피워야겠습니다. 너무 추워서."

"아, 안 되겠습니다. 언제 난로를 피워 훈훈해집니까? 내일 면담하는 것으로 하고 저녁부터 먹읍시다."

"알겠습니다. 사장님!"

"신부님, 저분에게 양해 좀 구해주십시오. 내일 난로라도 피우고 따뜻할 때 모시겠다고. 그렇다고 남들 다 듣는데서 비밀 이야기를 할 수는 없잖습니까?"

"알겠소. 그렇게 하는 것으로 합시다."

이렇게 되어 병호와 뵈트거의 면담은 내일로 연기되었고 병호는 새로 저녁을 지어 먹고, 잠은 아직도 많이 남아 있는 훈련 막사에서 잤다. 물론 저녁이 될 동안 난로를 피워 난방이 된 상태였다.

다음 날 새벽.

병호는 평소의 습관대로 새벽 4시에 기상하여 간단하게 세면을 하고 해변 산책에 나섰다.

그가 지금 걷고 있는 곳은 그 유명한 명사십리 해수욕장으로 길이가 십리요, 망주폭포, 평사낙안 등과 더불어 '선유 8경'이라 일컬어지는 곳이었다. 원래 선유도(仙遊島)라는 명칭은 섬의 경치가 너무 아름다워 신선이 놀았다하여 부르게 된 것으로, 고군산군도 내에서도 중심에 위치해 있었다.

또 이곳은 고려 시대에는 여송 무역로의 기항지였을 뿐만 아니라, 왜구와의 전투에서 승리를 한 최무선(崔茂宣)의 진포(鎭浦) 해전기지이었다. 또한 조선 시대 수군의 본부로서 기지 역할을 했던 선유도는 수군 절제사가 통제하기도 하였다.

이순신 장군이 명량해전에서 승리 후 선유도에서 열하루 동안 머물며 전열을 재정비하는 등 임진왜란 때는 함선의 정박 기지로 기능을 수행했던 해상 요충이었다. 아무튼 올해는 어느 해보다 겨울이 따듯해 비록 정월이지만 큰 추위를 모르고 산책을 하던 병호는 함께 산책을 하고 있던 최양업을 불러 말했다.

"뵈트거라는 분을 모시고 왔으면 좋겠소? 혹시 독일어도 할 줄 아오?"

"프랑스어와 영어는 좀 배웠으나, 독일어는⋯⋯."

고개를 흔드는 최양업을 위해 병호가 말했다.

"하면 앵베르 주교님도 모시고 왔으면 좋겠소이다."

"네."

순순히 답한 그가 사라지자 병호는 새삼 심호흡을 크게 하며 아직도 캄캄한 하늘을 우러러 보았다.

이후 병호가 한참을 산책을 해도 두 사람이 나타나지 않아 막 장쇠를 불러 지시를 하려고 하는데 어둠 속에서 세 사람의 모습이 어렴풋이 보였다. 곧 다가온 앵베르 주교가 변명을 했다.

"내가 너무 피곤했던지 게으름을 피우는 바람에 늦었소."

"아니오. 사실은 내가 깨워도 일어나지 못했소."

뵈트거의 말에 별것을 가지고 다 다툰다고 생각하며 병호는 곧 본론으로 들어갔다.

"내가 안전성냥의 제법을 알려주기 전에 몇 가지 다짐받아야 할 것이 있소. 해서 당신이 나의 요구 조건을 모두 수용하면 그때는 당신과 나 공동 명의로 해 유럽에 안전성냥에 대한 특허를 출원하는 것이오. 이에 응하겠소?"

"우선 그 조건부터 들어봅시다."

금년 35세로 프랑크푸르트 암 메인 출신의 물리 및 화학 교수이기도 한 뵈트거는 역시 예상대로 신중했다.

"내 요구 조건은 내가 알려주는 제법대로 우리 조선에 일체의 성냥 공장을 세운 후, 독일로 귀국하던지 아니면 조선의 교수로 남아 계속 활약하는 것이오. 헌데 문제는 공장을 짓는 과정에서 조선의 제반 여건이 미흡하니, 조선에서 만들지 못하는 것은 독일이 되었든 어디가 되었든, 모든 설비를 들여와 공장을 완성해야 하는 것이오."

"하면 얼마의 세월이 걸릴지 모르는 일 아니오?"

"내 생각에는 지금 발주를 하면 반 년 안에 제반 설비가 유럽에서 들여올 것이고, 그 안에 공장 건물 등을 신축한다면 늦어도 1년이면 공장을 가동할 수 있지 않을까 생각하는데 당신의 생각은 어떻소?"

"흐흠……!"

생각이 많아지는 듯 한참을 생각에 잠겼던 그가 답했다. 아니, 물었다.

"정말 안전성냥을 만들 수 있기는 한 것이오?"

"당신이 내 요구 조건을 들어주면 그때는 내 그 제법을 알려주리다. 물론 그전에 내가 한 말에 대한 각서를 작성해 서로 이행을 보증해야 하오."

병호의 말에 또다시 잠시 생각에 잠겼던 뵈트거가 결심을 했는지 결연한 표정으로 말했다.

"여기까지 와서 빈손으로 귀국할 수는 없는 노릇 아니오?"

"좋소. 당장 가서 이행 각서부터 쓰고 내 그 제법에 대해서는 알려주리다."

"알겠소이다."

이렇게 되어 병호는 일행을 데리고 병영 사무실로 돌아왔다. 다행히 실내는 어젯밤부터 난로를 피워놔 훈훈했다. 곧 병호가 자신이 내건 조건을 구술하고 이를 앵베르 신부가 조선어 및 영어로 작성을 했다. 이를 보고 병호가 앵베르 주교에게 물었다.

"뫼트거가 영어도 할 줄 아나요?"

"물론이오. 영어도 능통하다오."

"그래요?"

병호도 영어를 말로는 못하지만 글로 써놓으면 몇 개 철자를 모르는 외에는 모두 해석할 정도의 수준은 되었다. 구 교육을 받다 보니 문법 및 독해력 위주의 교육 때문에 생긴 폐해였다.

아무튼 앵베르 주교가 작성을 마치고 서로 서명까지 하자 비로소 병호가 안전성냥에 대한 제조법을 말하기 시작했다. 그전에 한 가지 알아둘 것이 있으니 현재 성냥 제조에 관한 유럽의 수준이었다.

성냥의 제조 역사는 1669년 연금술을 실험하던 독일의 브란트가 '인(燐)'이라는 물질을 발견하고서부터 시작되었지만,

현대적인 성냥은 1백 년이 훨씬 지난 1827년 영국의 워커가 개발하였다.

그런데 워커가 개발한 성냥은 한 가지 큰 문제점이 있었다. 자연발화의 위험이 있는 데다 유독한 이 성냥을 성냥갑에 담아 이동할 경우, 성냥갑 내의 성냥이 움직여 화재가 발생하는 단점이 있어, 이를 실용화하기 위한 각국의 노력이 경주되고 있는 시점이었다.

이런 시점에 병호는 뵈트거에게 황린(黃燐)이 아닌 보다 안전한 적린(赤燐)을 처음 언급했을 뿐만 아니라, 기존의 성냥갑 내에 같이 들어 있던 마찰판을 분리하여 바깥 상자에 별도로 설치할 것을 제안했다.

뿐만 아니라 마찰할 때에 고온을 일으키며 발화를 쉽게 하기 위한 조절제로서 유리 가루 규조토 및 마찰판에도 적린을 발라 발화를 보다 안전하게 하도록 했다.

병호의 말이 다 끝나자 뵈트거가 병호에게 질문을 던졌다.

"적린은 어떻게 만드오?"

"황린은 만들지 알지요?"

"그렇소."

지금 유럽에서 사용하고 있는 성냥이 다 황린으로 제조되고 있기 때문에 그의 대답은 쉽게 나왔다.

"적린은 제조된 황린을 공기를 차단하고 섭씨 250도로 가열

하면 만들어질 것이오."

그러자 뵈트거의 예상치 못한 질문이 들어왔다.

"그렇게 이론에 해박한 분이 왜 만들지는 못하는 것이오? 그런 이론은 또 어디서 얻은 것이고?"

당연한 의문이었지만 병호는 답변이 궁색할 수밖에 없어, 돌아가신 선친을 또 한 번 죽이는 큰 불효를 저지르지 않을 수 없었다.

"그 실험을 하다가 큰 불을 내는 바람에 내 아버지가 돌아가시고, 집마저 전소되는 피해를 당한 후에는 겁이 나 실험을 더 이상 하지 못했소."

이 말에 함께 있던 장쇠가 무어라 떠들려는 것을 급히 그의 입을 틀어막고 으르렁거리지 않을 수 없었다.

"입 한 번 잘못 놀렸다 죽은 사람이 한둘 아니다. 알아들어?"

"네, 나리!"

그런 말이었겠으나 병호가 입을 틀어막은 관계로 웅얼거리다, 이내 열심히 고개를 끄덕이는 장쇠를 보고 그제야 병호는 손을 떼어냈다.

성냥에 대해 소기의 목적을 달성한 병호가 아침 식사 후 불러낸 사람은 시멘트 사를 설립하기 위해 미처 돌아다니는 존 화이트(J.W.White)라는 사람이었다.

이 사람은 시멘트 회사를 설립하기 위해 현재 유럽에서 사용하고 있는 유명한 시멘트인 '포틀랜드 시멘트(Portland Cement)'의 발명자인 조셉 애스프딘(Joseph Aspdin)에게 합작을 제의했으나 거절당하고 모집되어 온 사람이었다.

아무튼 이 사람이 온 배경과 현재 시멘트의 상태를 알기위해서는 시멘트의 역사를 언급하지 않으면 안 된다. 따라서 이를 잠시 언급하면 다음과 같았다.

인류의 시멘트 사용 역사는 수천 년 전으로 거슬러 올라갈 정도로 오래되었다. 그러나 현대적인 시멘트가 개발된 것은 18세기 무렵부터고 지금의 시멘트는 1824년 영국의 벽돌공 조셉 애스프딘이 개발했다

당시 애스프딘은 석회석과 점토를 혼합하고 융제(Flux)를 사용해 융점을 낮추어서 제조하는 방식으로 '새로운 시멘트'를 만들어 특허를 얻었다. 이미 시멘트의 원형이 갖춰져 있는 상태에서 애스프딘은 잘게 부순 석회석 가루를 불에 굽고, 거기에 점토와 물을 섞어 건조시킨 뒤 고온에서 굽고, 여기에서 생기는 덩어리를 잘게 부순 것으로 유럽에 특허를 냈던 것이다.

문제는 다음부터인데 애스프딘의 특허에 매료된 회사 존 화이트가 제휴를 청했으나 그는 이를 단번에 거절한다. 그도 그럴 것이 당시 애스프딘의 시멘트는 1825년 완공된 템스 강 터널 공사와 영국 의사당 재건 공사에 사용되었고, 그 덕분에

사람들은 애스프딘의 시멘트의 위력을 확신해서 특별히 제휴하지 않아도 됐기 때문이다.

이때쯤 애스프딘의 시멘트에 '포틀랜드 시멘트(Portland Cement)'라는 이름을 붙이게 된다. 이 시멘트의 색깔이 영국령 포틀랜드 섬에서 나오는 석재와 색깔이 비슷하다고 해서 붙여진 이름인 것이다.

아무튼 가만히 앉아서 시멘트만 생산해도 떼돈을 벌 수 있는 상황에서 제휴를 할 이유가 없는 애스프딘은 독자적으로 시멘트 사업을 추진하게 되었다. 이에 앙앙불락하고 있던 존 화이트가 병호가 던진 미끼에 걸려든 것은 필연이었을 것이다.

그에게 특허를 낼 수 있게 해준다 했으니 말이다. 아무튼 이런 유혹에 이끌려 온 그가 병호를 보자마자 다짜고짜 물었다.

"당신이 석회석과 점토의 배합 비율 및 소성 온도를 알고 있다고?"

"그렇소. 포틀랜드 시멘트의 발명자 에스프딘도 이는 규명하지 못한 채 특허를 냈지요?"

"맞소이다."

"헌데 우리가 이를 정확히 규명해 특허를 낸다면 어떻게 되겠소? 여기에 성분비를 조금만 달리해도 다른 시멘트가 되는데, 그마저 좀 다르게 해서."

"틀림없이 유럽에서도 특허를 받을 수 있을 것이오."

"좋소. 여전히 합작의 의사가 있소?"

"물론이오."

1초도 지체치 않고 답하는 그를 보고 병호가 진지한 표정으로 말했다.

"하면 내가 특허를 낼 수 있도록 성분비를 알려주는 것은 물론 유럽에도 합작 공장 하나를 세우도록 합시다. 단 이것이 실현되기 위해서는 조선에 유럽과 같은 시멘트 공장 하나를 설립해 주어야 하오."

"그럼, 모든 걸 다 알고 있는 당신이 하지 왜, 나와……."

"내 솔직히 말하리다. 조선은 유럽과 달리 제반 기반 시설이 미비하여 그런 공장을 짓기가 힘들기 때문이오. 그러니 당신이 모든 설비를 유럽에서 들여와 가동을 해야 하오."

"그렇게 되면 얼마나 많은 시간이 흐를지 모르잖소?"

"당신이 혼자 끙끙거린다고 그 조성 비율을 금방 밝혀낼 것 같소? 내가 볼 때 아마 10년 이상은 걸릴 것이오. 그러니 그것보다는 내가 제의한 조건이 낫지 않소?"

병호의 말은 좀 과장되었고 실제 존 화이트는 지금으로부터 4년 후인 1844년 애스프딘이 규명하지 못한 석회석과 점토의 배합 비율과 소성 온도의 조건을 밝혀내 특허를 냈고, 화이트 사를 세워 포틀랜드 시멘트 제조에 나서게 된다.

이렇게 되니 둘 사이에 특허권 분쟁이 벌어지는데 병호의 말에 한동안 생각에 잠겼던 존도 이 문제를 생각했는지 그가 우려스러운 얼굴로 말했다.

"당신의 말대로 할 수는 있으나 혹시 특허 분쟁에 휘말리지는 않겠소?"

"그럴 가능성도 충분히 있고 아닐 수도 있소. 성분비가 다르니 다른 시멘트라 특허 분쟁에 승소할 확률이 크오. 하지만 만약 패한다면, 그때는 내 또 다른 특허를 내도록 해줄 테니, 너무 걱정 마시오."

"또 다른 특허? 그게 뭐요?"

"한마디만 하면 내가 생각하고 있는 특허가 날아갈 텐데, 당신 같으면 알려주겠소?"

병호의 말에 존이 미안한 표정으로 머리를 긁적이며 말했다.

"너무 궁금하다 보니 실례되는 질문을 했소."

여기서 병호가 특허 분쟁이 일어날 것에 대비해 준비해 놓은 복안은 시멘트와 철의 결합 즉 철근 콘크리트 제법이었다.

시멘트는 콘크리트와 밀접한 관련이 있다. 시멘트에 모래와 자갈 등 골재를 적당히 섞고 물을 넣어서 반죽한 것이 콘크리트이기 때문이다. 콘크리트는 만드는 방법이 간단하고 내구성이 강해 건축의 주요 재로로 사용돼 왔는데 이것 역시 역사가 길다. 고대 로마에서는 이미 시멘트에 골재를 섞어 콘크리트를 만들어 썼다.

콘크리트는 중세까지도 이용되었다가 한때 잊히기도 했다. 콘크리트는 밖에서 누르는 압축력에는 강하지만 밖에서 잡아당기는 인장력에는 약한 구조를 지니고 있기 때문이다. 그러다 찰떡궁합인 철근을 만나고 19세기 초 화려하게 부활한다.

1850년대부터 각종 제강법이 개발되면서 강철이 건축물에 활용되기 시작했는데 영국, 프랑스가 경쟁적으로 철근 콘크리트 개발에 나섰다. 이 무렵 영국이 시멘트에서 한발 앞섰다면 프랑스는 철근 콘크리트 분야에서 선두 주자였다.

1867년 파리에서 정원사로 일하던 모니에는 깨지지 않는 화분을 만들려고 노력하는 과정에서 철근과 시멘트의 조화로운 결합을 발견했다. 화분 모양으로 짠 철망에 시멘트를 발랐더니 아주 튼튼한 화분이 만들어진 것이다. 이런 방법으로 강한 콘크리트를 제조할 수 있겠다는 생각에 그는 재빨리 특허를 냈다.

이로 인해 인류는 크고 높은 빌딩을 건축할 수 있게 되었다. 뿐만 아니라 철도용 침목이나 교량, 터널, 댐과 같은 대규모 건설공사도 가능해지는 것인데, 병호는 이를 2차 복안으로 준비하고 있었던 것이다.

아무튼 병호의 설득이 주효해 존은 전의 뵈트거와 같이 이행보증 각서를 사전에 작성했고, 그것이 끝나자 병호는 그가 믿음을 가질 수 있도록 시멘트의 주요 성분인 석회석과 점토질의 성분비와 소성 온도를 알려주었다.

'석회석과 점토의 비율은 65 : 22요, 소성온도는 섭씨 1,450도'라고.

*   *   *

다음으로 병호가 만난 사람은 제철 기술자들이었다. 특별히 현재 세계에서 가장 철공업이 발달한 영국 기술자들을 초빙토록 했던 것이다. 영국의 철 생산량은 1740년에 1만 7천 톤에 불과했던 것이 1778년의 6만 8천 톤, 1806년의 25만 8천 톤을 거쳐 작년 즉 1839년에는 124만 8천 톤을 생산할 정도로 철공업이 활성화 되어 있었다.

그랬기에 많은 기술자들이 있었고, 그런 상태에서 현지 노임의 다섯 배를 준다고 하니 열 명의 기술자들이 이에 응해왔다. 여기에 혹시나 하여 강철을 만드는데 인류 역사에 큰 공헌을 한 헨리 베세머(Henry Bessemer)를 높은 보수는 물론 제철의 새로운 제법을 알려준다고 초빙하라 했더니, 실제 그를 데려 올 줄은 병호도 상상치 못한 일이었다.

아무튼 이제 그마저 왔으니 병호는 제철의 한계를 극복할 수 있을 것 같아 크게 기뻐했다. 병호가 연구용 용광로 등을 만들기는 했으나, 현재 조선의 여건상 용광로의 크기를 더 이상 크게 키우기에는 곧 한계에 부딪칠 것이라 예상하고 있었다.

그래서 철공업 기술자들을 고임에 초청토록 한 것이고, 베세머는 자신이 1856년에 발명하게 될 그 유명한 베세머 전로법의 창시자이기도 하지만, 또 그는 포탄 제조 기술자인 동시에, 대포 등 무기를 제작하는 데도 뛰어난 기술자였다.

그런 그가 예상치 않게 초빙되어 왔으니 병호도 크게 기쁘지 않을 수 없었던 것이다. 아무튼 병호는 그런 그들을 맞아 즉흥 연설을 시작했다.

"우리도 영국보다 뛰어난 코크스 용광로 및 여타 제련 설비를 만들 수 있소. 그러나 선반, 밀링, 절상공구의 미비 등으로 인해 정밀한 부품을 만드는데 큰 애를 먹고 있소. 해서……."

"잠깐만요. 사장님!"

삼십대 중반의 파란 눈의 사내가 무례하게도 중간에 말을 끊고나오자 불쾌해진 병호가 눈썹을 모으며 물었다.

"왜 그러오?"

"불쾌했다면 죄송합니다만, 그런 공작기계를 영국에 가면 얼마든지 사올 수 있으니 사오면 어떻겠습니까?"

"그곳은 특허 제도로 인해 함부로 생산도 할 수 없고, 금수 조처도 있질 않겠소?"

"공작기계 수출 금지령이 1825년에 철폐되었으니 얼마든지 사올 수 있습니다."

"정말이오?"

"네!"

"선반, 밀링 등의 공작기계 벌써 출현했고요?"

"물론입니다. 연마기 등의 절삭공구가 보편화 된 지 오래 되었습니다."

"아, 그렇군요!"

병호는 지미 브라운이라는 이 사내의 말에 자신도 모르게 이마를 짚지 않을 수 없었다. 자신이 알기에 이 공작기계는 산업혁명의 후발 주자인 독일에서 19C 후반이나 되어야 크게 활성화되는 것으로 아는데, 벌써 선반 밀링 등의 공작기계가 출현했을 줄은 미처 몰랐던 것이다.

이에 병호는 당혹감 속에서도 기쁜 마음으로 말했다.

"그렇다면 제반 공작기계를 다량으로 수입하는 것으로 하되, 대규모 용광로 등을 만들려면 아무래도 많은 시간이 걸릴 것 같으니, 제철 설비를 수입할 수 있으면 수입하는 것으로 합시다."

"알겠습니다. 자, 그런 그렇고 여러분들이 훌륭한 설비를 갖추어 많은 철을 양산해 준다면, 기 약속한 임금의 5배가 아니라 10배도 줄 수 있으니 헌신적으로 노력해 주기 바랍니다."

"정말입니까? 사장님!"

"물론이오. 이국까지 와 고생을 하는 당신들을 위해서라면 무엇이든 못해주겠소. 따라서 대용량의 제철소가 완공되는 날, 여러분들이 원한다면 가족도 모두 초청해 조선에서 영구히 살 수 있도록 해주겠소. 물론 중간에 돌아가면 1년씩 휴가를 줄 수도 있고요."

"감사합니다. 사장님!"

"감사합니다. 사장님!"

파격적인 대우 약속에 영국인 기술자들이 연신 고개를 조아리자 병호 또한 흐뭇한 표정으로 이를 지켜보다가 베세머만 남기고 나머지는 모두 안으로 들여보냈다. 끝으로 수입할 물건의 목록을 적어내라 하고.

홀로 남겨진 금년 28세의 베세머를 보고 병호가 말했다.

"내가 왜 당신을 콕 집어 초빙을 했는지 그 이유를 아오?"

"글쎄요? 제련법에 관심이 있는 데다, 강철을 만들 수 있는 새로운 제련법을 알려준다는 말에, 혹시나 하는 마음으로 응했지만 정확히 그 이유는 모르겠습니다."

"혹시 결혼은 했소?"

"아직······!"

얼굴을 붉히며 머리를 긁적이는 그를 보고 병호가 확신에 찬 음성으로 말했다.

"당신이 원한다면 신제련법은 물론 조선 제일 미녀를 부인으로 들일 수도 있소."

"그렇게 되면 영구히 조선에서 살아야 하는 것 아니오?"

"나는 당신이 포탄 제조는 물론 대포에도 상당한 관심이 있다는 것을 소문을 들어 잘 알고 있고, 당신이 발명의 재능 뛰어나다는 것 역시 알고 있기 때문에 초빙을 한 것이오. 하니 가급적 조선에서 살았으면 좋겠고, 정 고향이 그리우면 5년 단위로 1년의 휴가도 줄 수 있소. 하니 우리 조선을 위해 헌신해 주지 않겠소? 부탁하오!"

말이 끝나자마자 병호가 맨바닥에 무릎을 꿇고 고개를 조아리자 깜짝 놀란 그가 병호를 잡아 일으키며 말했다.

"사장님, 이러지 않으셔도 됩니다. 세상에 누가 있어 아직 이름도 없는 저 같은 놈을 이렇게 극진히 대접하겠습니까? 그러니 염려마시고 어서 일어나기나 하세요."

그가 잡아 일으켜도 힘주어 버티던 병호가 그의 말에 환한 미소를 지으며 벌떡 일어나더니 격하게 그를 포옹하며 말했다.

"고맙소!"

그러나 황당함의 연속인 베세머로서는 눈만 껌벅껌벅할 뿐

아무런 말도 하지 못했다. 그런 그가 병호가 포옹을 풀고 물러나 빙긋 웃고 있자 물었다.

"이 자리에서 강철을 생산할 수 있는 신 제련법을 알려줄 수 있습니까?"

그의 물음에 병호는 내심 실소를 금치 못했다. 지금으로부터 16년 후면 자신이 발명할 강철 제련법을 그에게 다시 팔아먹는 셈이니 속으로 생각해도 웃음을 금치 못했던 것이다.

그러나 이를 내색할 수는 없고 잠시 비집어 나오는 웃음 때문에 말을 못하던 병호가 말했다.

"그 기술은 당신이 조선 제일 미녀와 장가를 드는 날 바로 알려주리다."

"정말 조선 제일 미녀를 부인으로 안겨준다고요?"

"그럼, 이 상담이 끝나는 대로 조선의 제일 큰 도시로 올라가, 300명의 뛰어난 미녀 중 당신의 마음에 드는 여자 하나를 선택하시오."

"하……!"

병호는 자신의 말에 입이 헤벌어진 이국 총각을 보고 일단 안심을 했다. 미인계(美人計)가 성공한 것 같아서.

병호가 다음으로 만난 사람들은 두 명이었다. '르블랑 소다 공장'의 사장 르블랑(Leblanc) 2세와 프랑스의 저명한 화학자 장 다세(Jean Darcet) 2세였다. 프랑스에서도 유명한 이 두 사람이 조선까지 시간을 낭비하며 온 데는 다 그만한 이유가 있었다.

르블랑의 직함에서 알 수 있듯 이들은 소다 즉 탄산나트륨의 생산과 밀접한 관계가 있었다. 르블랑 2세는 부친의 못 다 이룬 꿈인 소다 공장을 이어받아 억만금의 부를 이루었지만, 지금은 그 공법이 문제가 되어 골머리를 앓고 있는 중이었고, 장 다세 2세는 자문 교수로서 동행을 하게 된 것이다.

아무튼 이들의 소다 생산법인 르블랑 공법은 19세기 전반의 50년 동안 인공 소다를 생산하는 유일한 방법이었으며, 이 당시 비누, 섬유, 유리, 제지 산업이 발전하는 데 크게 기여한 것도 사실이었고, 19세기 후반에 인공 염료가 개발될 때까지 르블랑 공법은 화학공업과 동의어로 통했을 정도로 유명했다.

그러나 르블랑 공법은 생산되는 소다만큼이나 많은 오염물질을 만들어냈다. 1톤의 세탁 소다가 만들어질 때마다 염화수소 기체 0.75톤이 대기 중으로 방출되었고, 염화수소는 염산으로 변모해 산과 들판을 오염시켰다.

이렇게 르블랑 공법으로 오염이 심해지면서 사람의 목숨도 앗아가기 시작하자 19세기 중엽의 소다 제조업자들은 이를 해결하기 위한 방안을 적극적으로 물색했다. 염화수소 기체를 밀봉해서 수송하는 방법이 고안되기도 했고, 굴뚝을 높이 세워 유독 기체를 멀리 날려 보내는 방법도 사용되었다.

그러나 지금까지는 아무리 애를 써도 이를 대체할 양산법을 찾지 못한 이들이기에, 그 대체법이 있다는 소문에 수만 리 격한 조선을 찾지 않을 수 없었던 것이다.

그런 그들인지라 병호를 본 두 사람은 기대에 찬 표정으로 그를 예의 주시하고 있었다. 그런 그들을 향해 병호가 점잖게 물었다.

"내가 만약 그 대체 법을 알려준다면 어찌하겠소?"

"원하는 것이 있으면 무엇이든 말씀만 하시오. 가급적 다 들어 드리겠습니다."

르블랑 사장의 말에 병호가 빙긋 웃으며 말했다.

"조선에 그 방법으로 생산할 소다 공장을 제일 먼저 지어주고, 내가 특허를 차지해도 말이오?"

"그렇습니다. 돈은 벌고 있지만 큰 죄를 짓는 기분입니다."

"좋소. 그전에 약속을 담보할 각서부터 한 장 써주시오."

병호의 말에 장 다세 2세가 14세의 어린(?) 병호를 보고 믿기지 않는지 질문을 던졌다.

"정말 그게 가능하오?"

"물론이오. 믿기지 않는다면 지금이라도 돌아가도 좋소."

병호의 강경 자세에 르블랑 2세가 만면에 미소를 머금고 말했다.

"여기까지 와서 그냥 돌아갈 수는 없는 노릇이죠. 기존의 조건대로 각서를 쓰면 됩니까?"

"그렇소."

"좋소이다."

흔쾌히 응한 그가 곧 병호가 부르는 상기의 조건 그대로 각서를 작성하자 병호가 드디어 입을 떼었다.

"소금과 석회석으로부터 오염 물질을 생성하지 않고 소다를 만드는 방법으로, 매개 물질로 황산 대신에 암모니아 화합물을 사용하면 되오."

"아……!"

병호의 한마디에 벌써 감을 잡았는지 장 다세 2세가 놀란 탄성을 터뜨리는데 반해, 르블랑2세는 아직도 완전히 이해를 하지 못했는지 물었다.

"좀 더 구체적으로 말해줄 수 없습니까?"

"염화암모늄과 중탄산나트륨을 만드는 방법으로, 암모니아와 소금물의 혼합물에 이산화탄소를 불어넣고, 이렇게 해서 생성된 염화암모늄과 중탄산나트륨을 정제하고 가열하여 탄산나트륨을 만들면 되는 것이오."

"그런 방법도 있구나!"

"약속은 지키겠지요?"

"물론입니다."

"좋소이다."

그들의 흔쾌한 대답에 새삼 악수를 나눈 병호는 그들을 자신들이 묵고 있는 곳으로 돌려보냈다. 아무튼 병호가 지금 알려준 방법이 그 유명한 솔베이 공법(Solvay process)으로 일명 '암모니아 소다법'이라 불리는 것이다.

원래 이 제법을 만들어낸 솔베이는 작년에 태어났으니 이제 한국 나이로 2살. 그로서는 큰 부를 거머쥘 기회를 놓쳤으니 크게 억울할 것이다. 그러나 병호는 조선의 발전을 위해서는 어쩔 수 없다고 애써 자위하고 있었다.

아무튼 현재도 세계 생산량의 3/4을 점하는 이 방법이 머지않아 실용화된다면, 그간 공해를 일으키던 르블랑 공법의 공장들은 속속 문을 닫을 것이고, 비누의 대중화 시대가 성큼 다가올 것이다.

비누 덕분에 사람들은 자신의 몸을 규칙적으로 씻기 시작할 것이고, 세탁 가능한 옷을 입을 수도 있을 것이다. 또 이 당시 공중 보건의 주요한 문제이던 옴도 예방해 줄 것이다.

그 실례로 영국 정부가 1853년에 비누에 부과했던 세금을 폐지하면서 비누 가격이 대폭 하락하자, 수백 년 만에 처음으로 옴 환자가 급격히 줄어든 것이 그 방증일 것이다.

다음으로 병호는 이탈리아에서 온 열 명의 유리 기술자들을 면담했다. 병호는 그들에게도 한 가지 제안을 했다. 즉 그들이 조선에 유리 공장을 세워주면 병호는 그 대가로 이 세상에 지금까지 출현한 적이 없는 새로운 형태의 유리 제법을 알려주겠노라고.

그리고 특허는 자신의 이름으로 낼 것이나, 이들에게만 로열티를 받고 유럽의 독점 생산 판매권을 넘겨주겠다고. 이는 병호가 유리 제품의 깨지기 쉬운 특성상 유럽가지 수출한다는 것은 힘들다고 판단했기 때문이었다.

아무튼 망설이는 이들에게 병호는 자신이 알고 있는 새로운 유리 제법인 판유리, 안전 유리, 내열 유리 제법 중, 판유리 제법을 일부 소개해 주니 이들은 믿음을 갖고 그에 응하겠다는 각서를 썼다.

이렇게 유리 공장까지 세울 단초를 마련한 병호가 다음으로 불러낸 사람은 영국에서 온 열 명의 종이 제작 기술자들이었다. 병호는 이들에게도 유리와 똑같은 방법을 적용하여 우선 조선에 종이 공장부터 세우도록 했다.

즉 쇄목 펄프법, 소다 펄프법, 아황산(이산화황)법에 의한 새로운 종이 제작법 중, 쇄목 펄프법을 일부 알려주자 병호의 제의에 동의해 조선에 공장부터 세우기로 했다. 이후 병호가 불러낸 사람은 독일의 노 화학자 되버라이너였다.

독일의 천재적 시인이자 과학자인 괴테의 화학 선생으로도 유명한 그는 이미 1823년에 염산을 아연과 반응시켜 얻은 수소를 백금의 촉매작용으로 점화시키는 방식의 이른바 '되버라이너 램프'라고 부르는 라이터를 개발했다.

이에 병호는 그에게 특허를 공동 출원하는 조건으로 철과 세륨의 합금을 발화석(發火石)으로 사용하는 라이터 제조법을 알려주었다. 원소기호 Ce라 쓰는 세륨(cerium)은 이미 1803년 J. 베르셀리우스가 발견한, 란타넘족에 속하는 희토류원소의 하나였다.

그러나 광물에서 이를 추출하는 방법이 워낙 복잡하기 때문에 병호도 잘 몰라, 그것을 퇴버라이너가 찾아내면 공동 특허자가 되는 것이고, 아니면 말고 식으로 알려준 것이다.

그러나 병호는 그를 믿었다. 그는 이미 1829년 세 개의 원소로 이루어진 어떤 원소 무리들은 첫 번째 원소와 세 번째 원소의 물리량의 평균값이 두 번째 원소의 물리량과 같다는 것을 발견하였고, 이들을 세 쌍 원소할 정도로 뛰어난 화학자였기 때문이었다.

다음으로 병호가 만난 사람들은 가장 공을 들인 사람들로 15명의 화약 제조 기술자 및 화학자들이었다. 이중 병호가 가장 주목하는 사람은 아스카니오 소브레로(Ascanio Sobrero)였다.

이 사람은 금년 29세의 이탈리아 청년으로 당대의 유명한 학자인 리비히, 베르셀리우스 등에게 수학했고, 화약에 깊은 관심을 갖고 조선까지 온 사람이었다.

원 역사에서 1846년 글리세린에 질산을 작용시켜 나이트로 글리세린을 발견하는 사람이므로, 어찌 병호가 주목하지 않을 수 있겠는가.

아무튼 현지의 임금보다 10배를 더 준다고 해서 초빙해 온 귀중한 자원들이 이들인지라, 병호는 실제로 그 임금을 주기로 확약한 것은 물론, 다른 분야의 유능한 기술자들과 같이 휴가도 약속했다.

또한 원하면 조선 처녀들에게 장가도 들 수 있다는 말에 이들 모두가 화약 연구원으로 참여하기로 병호에게 거듭 약속을 했다. 이렇게 앵베르 신부가 데리고 온 모든 기술자들을 만나본 병호는 끝으로 네덜란드 상인들을 만났다.

당연히 유럽에도 각 나라마다 상인이 있겠지만 병호가 앵베르 주교에게 건넨 서신에서 특별히 이들을 불러 달라 적시해 놓은 것은, 네덜란드가 선교를 앞세워 다른 나라를 침략하지 않는 다는 사실에 주목한 것이다.

어쩔 수 없이 앞으로 일부 기술자들이 개항을 반대하는 자들의 눈에 띄겠지만, 가장 빈번히 노출될 사람들은 개항된 강화도로 드나들 상인들인 바, 반대 정파의 사람들이 만약 이를 탄핵해도 빠져나갈 구실을 만들기 위함은 주지의 사실이었다.

아무튼 화란(和蘭) 상인들 중에서도 유명한 두 가문의 상인 둘을 만난 병호는 이들에게 특별 주문을 하기 시작했다.

"앞으로 조선을 드나들더라도 강화도 외에는 다른 곳에 기항하지 말 것이며 돌아다니지도 말도록 하세요. 아직은 조선이 개항할 여건이 충분히 성숙하지 않았기 때문이니 양해하시고요."

"알겠습니다."

벌써 머리가 희끗희끗한 오십 대의 노련한 상인 베르바흐가 고개를 끄덕이자 병호가 다시 입을 떼었다.

"내 특별히 주문할 물건이 있소."

"말씀하시죠."

"선반, 밀링 등의 공작기계는 물론 연삭기 등 금속을 가공할 수 있는 것이 있다면 각각 100개씩을 다음 선편에 가져오도록 하시오."

"알겠습니다."

"우리 기술자들이 주문할 설비 포함하여 계약금은 10%만 드려도 되겠지요?"

"물론입니다."

"좋소. 이왕 거래를 하게 된 김에 하나만 더 부탁합시다."

"무엇이든 말씀만 하시죠."

"조선에서 파견한 유학생 30명이 있는데, 이들 중 증기기관차를 만드는 곳에 취업한 학생들 다섯 명 외에는 다음에 올 때 함께 데리고 왔으면 하는 것이오. 이는 파리 외방전교회에 가면 학생들에 대해 자세히 알 것인즉 그대로 실행해 줬으면 좋겠소. 하고 금번에 선발될 유학생 50명을 파리 외방전교회에 넘겨주도록 하고."

"알겠습니다. 사장님!"

공손히 대답하는 베르바흐를 바라보며 병호가 이들에게 그런 부탁을 하게 된 경위가 떠올랐다. 요 며칠 기술자들과 함께 기거를 하다 보니 통역 요원이 형편없이 부족한 것을 절감했다.

게다가 앞으로 이들이 공장을 건설하거나 기술을 전수하는 과정에서도 통역이 많이 필요할 것은 주지의 사실. 그러나 지금 형편으로는 이들을 통역할 사람이 사실상 조선에는 없었다.

따라서 기껏 유럽까지 보내 유럽의 선진 학문과 기술을 배우고 익히도록 한 유학생들을 철수시키지 않을 수 없었으니, 마치 어학연수를 보낸 꼴이나 진배없이 되었다.

그 대신 병호는 신치도 남아 있는 학생 중 50인을 선발하여 다시 유학을 보내려는 것이다. 아무튼 이들 상인과의 면담도 모두 끝나자 병호는 각 기술자들이 작성한 조선에 들여올 설비 목록을 화란 상인들에게 넘기는 한편, 바로 그 자리에서 그간 한양에서 운송해 온 은으로 결제했다.

그리고 이번 선편에 귀국할 되버라이너와 장 다세 2세도 불러 함께 출항할 수 있도록 해주었다. 여기서 하나 특기할 사실은 솔베이법으로 신 제법 가성소다를 만들 2인 중, 사장인 르블랑 2세는 금번에 귀국시키지 않았다는 사실이었다.

물론 이들이 이행각서 등을 썼지만 만일을 위해 억류해 놓은 것이다. 그리고 다른 기술자들은 그간 이곳에서 새로 알려준 사실을 연구하고 설비가 들어오기 전이라도 공장 건설을 함께해야 하므로, 이들 또한 한 사람도 귀국시키지 않았다.

그러나 만일을 대비해 최성환이 선발한 무관 20인은 화란 상인들과 동행시켜 계약금만 받고 사라지는 것을 사전에 차단해 버렸다. 이렇게 선유도에서의 일이 모두 끝나자 병호는 기약속대로 철강 기술자 베세머를 데리고 한양으로 향했다.

아직도 교육을 받고 있는 기생 300명 중 한 명을 베세머에게 부인으로 넘겨주기 위함이었다.

제5장
혼인(婚姻)

한양으로 돌아온 병호는 베서머를 데리고 기생 양성 학교로 가 그에게 한 사람을 선택하도록 했다. 그러자 그는 수많은 미녀 중 누구를 선택할 줄 몰라, 동공이 한동안 방황을 거듭하다가 마침내 한 사람을 선택했는데 의외의 인물이었다.

병호가 생각하는 미인관과는 전혀 다른 선택이었던 것이다. 광대뼈가 조금 돌출하고 코도 낮은 전형적인 몽골인과 같은 생김의 여인이었는데, 단지 키는 훌쩍 컸고 날씬했다. 월향(月香)이라는 기생이었다.

아무튼 선택은 그의 몫이었으니 그의 선택을 존중할 수밖에 없는 병호는, 그에게 약속에도 없는 신혼집 하나를 더 선물했다. 당연히 그는 감격했고 보은을 다짐했다.

이 일이 끝나자 병호는 곧장 김좌근과 주상을 찾아뵙고 앞으로 양이 기술자들과 화란 상인들이 조선에서 활동할 수밖에 없는데 대한 양해를 구했다. 이후 병호는 송상의 전계 대행수 공영순을 다시 한양으로 불러 올렸다.

그와 사무실에서 마주한 병호가 공영순에게 우선 사의를 표했다.

"약속보다 일찍 대금을 입금해 주신데 대해 감사를 드리는 바이오."

"많은 사업을 벌이고 계시니 더 많은 자금이 필요하실 것 같아 조기에 집행한 것뿐입니다."

"아무튼 감사한 일이고요. 금번에 대행수님을 뵙자고 한 것은 다름이 아니고, 앞으로 중국과 거래할 홍삼 무역과 보상들에 넘긴 일부 판권에 대해 상의를 하고자 함입니다."

이렇게 운을 뗀 병호의 말이 이어졌다.

"앞으로 십 년 후면 미국 산 인삼이 중국 시장에 등장할 것으로 예상됩니다. 따라서 품질 관리를 엄격히 해 효능이 떨어지는 제품을 시장에 내놓는 일이 없도록 하고, 또 그 안에 더 많은 삼포를 조성해 저들의 물량 공세에도 충분히 맞설 수 있도록 해주면 고맙겠소."

"아나? 미국에도 인삼이 있습니까?"

"인디언들이 발견하는 것을 시작으로 자생 인삼이 출하될 것으로 예상됩니다."

"그들의 약효는 어떻습니까?"

"조선 것만은 못할 것이니 너무 걱정하지 않으셔도 될 것 같습니다. 그런데 요즘 일본으로의 수출은 어떻습니까?"

잠시 생각을 가다듬은 공영순이 답했다.

"저들이 우리 인삼 씨앗을 구해 재배에 성공한 이래로 그 수입량이 현저히 줄기는 했지만, 약효만은 우리 것만 못해 아직도 일부 밀수출이 되고 있는 것도 사실입니다."

"좋소. 앞으로 왜와도 통상을 적극 추진할 것이니 이에 대비해야 할 것입니다. 그런데 하나 걱정이 있소이다."

"무언데 그러십니까?"

"은의 부족 사태가 오지 않을까 걱정이오. 우리가 양이들의 설비를 수입하느라 많은 지출을 하게 되니, 많은 은이 필요하오. 하니 중국과의 교역에서는 가급적 많은 은을 남겨 오시고, 국내로 가지고 들어온 은은 조양물산이 가지고 있는 동전이나 현물로 바꿔주셨으면 고맙겠습니다. 하면 내 그 보답으로 금번에 나올 향장품에 한해 송상에게 그 판매권을 그냥 넘겨드리도록 하겠습니다."

"고맙습니다. 그렇게 하도록 하겠습니다."

"내 말은 여기까지고 하실 말씀이 있으면 하세요."

병호의 말에 공영순이 어려워하는 표정으로 말했다.

"이천 석 이상의 큰 배를 사려니 기존 이를 갖고 있는 자들도 개항 사실을 알고 용선도 힘듭니다. 하니 사장님이 확보하신 세 척을 용선해 주시면 그 간에 청국이나 여타 나라의 배라도 구입해 운항하도록 하겠습니다."

"흐흠……!"

잠시 생각에 잠겼던 병호가 말했다.

"우리도 조만간 청국 상인들과 자체 무역을 해야 하기 때문에 꼭 필요하니, 빠른 시일 내에 계획대로 행해 돌려주는 것으로 하고, 일단은 교역에 임하시오."

"감사합니다. 사장님!"

새삼 고개를 조아리는 공영순을 빙긋 웃는 얼굴로 바라보던 병호가 자리에 일어나며 물었다.

"더 하실 말씀 없죠?"

"네, 사장님!"

"이왕 오셨으니 식사나 하고 헤어집시다."

"감사합니다."

        *   *   *

그로부터 1년여가 지난 1841 신축년(辛丑年) 윤 삼월.

그간 많은 일이 있었다. 우선 가문의 일로는 김유근이 병호의 예언대로 작년 12월에 세상을 떠난 사실이었다. 이로 인해 약간이나마 분산되었던 가문의 좌장지위가 김좌근에게 더욱 쏠렸고, 김좌근은 병호의 예언이 적중됨에 놀라 더욱 그를 신뢰하게 되었다.

사업적인 일로는 그간 화란 상인들의 배가 두 차례 강화도로 입항하여 병호가 원하던 모든 설비를 부려놓았다. 따라서 무난히 제 공장들이 준공되어 모두 가동을 시작한 점을 들 수 있을 것이다.

또 이 설비 중에는 벌써 장 다세 2세에 의해 솔베이법이 개발되어, 이 제법으로 가성소다를 양산할 수 있는 설비도 포함되어 있어, 르블랑2세가 귀국을 할 수 있었다. 뿐만 아니라 유학생 23명이 병호의 명대로 돌아와 각 사업장에 통역으로 배치되었다.

지난번 병호의 지시와 달리 25명이 아닌 23명인 것은, 그 당시 유학생 중 2명이 특수 임무를 띠고 유럽이 아닌 다른 곳에 있다는 것을 깜빡한 때문이었다.

아무튼 이 과정에서 또 하나 특기할 만한 사실은 각 현장에 필용한 경비를 위해 검계에서 200명, 또 무관 200명을 새로 선발해 각 현장에 배치해 보안에 철저를 기한 점일 것이다.

또 작년 봄에는 약속대로 염호 장종우가 조선을 찾아, 그들에게 연간 생산되는 2만 가마의 소금 중, 2천 가마를 공급해 중국 시장에 풀 수 있게 하였다. 그러나 올해는 신규 염전이 작년에 새로 300정보 조성되었기 때문에, 5천 가마의 소금을 금년 봄부터 풀 예정이었다.

또 진상의 교진청과는 일단 자본금 100만 냥으로 양국 합작법인을 설립하기로 하고, 병호는 약속대로 이의 40%인 40만 냥 분을 은으로 환산해 10만 냥을 청국으로 보낸 바 있다.

그리고 그들 기술자들을 6개월간 조선에서 연수시킨 바, 이제는 청국에서도 탈곡기와 작두 샘 및 칫솔 치분 등이 생산되어 청국에 자체 판매되고 있는 실정이었다. 그러나 청국 자체 판매권은 아직 확정되지 않아 더 협의가 필요한 상태였다.

국제 정세로는 작년 6월 영국의 전권대사 엘리엇이 함선 20척에 육해군 약 4,000여 명의 원정군을 이끌고 광동 앞바다에 진출하는 것을 시작으로 두 나라 간에는 이른바 아편전 쟁이 치열하게 벌어지고 있는 중이었다.

그러나 조선만은 정세가 안정되어 있었다. 실질적으로 안동 김문에서 정권을 잡았지만 독식하지 않고 여러 벌열 가문을 안배해 가면서 정국을 운영한 관계로, 양이 기술자들의 조선 진출로 약간의 잡음이 있긴 했으나 크게 문제 되지 않았고 작금은 평온한 상태였다.

이런 제반 여건 속에 이제 15세가 된 병호는 더 이상 혼인을 늦출 수 없어 혼인 날짜를 잡았다. 즉 신부의 나이 벌써 19세이므로 완전 노처녀가 되는 연령인지라 더는 미룰 수 없었던 것이다.

그래서 신부 집에서 택일을 하니 그날이 윤삼월 열여드레였다. 오늘이 열하루로 앞으로 이레나 남았지만 병호는 그에 관계없이 일찍 출발하기로 하고, 아침부터 지홍에게 단장을 빨리 끝내라고 종용하고 있었다.

그녀 또한 이번에 함께 혼례를 올리기로 처가에 양해를 구해놓은 상태였기 때문이었다. 물론 식을 함께 올린다는 것이 아니라, 부인과 먼저 정상적으로 혼례를 끝내고 지홍과는 약식으로 이후 치르겠다는 말이다.

아무튼 순영은 벌써 보름 전에 내려갔기 때문에 혼자 남게 된 지홍이 병호의 독촉에 화장을 끝내고 나오자, 병호는 장쇠 및 화원 그리고 네 명의 호위 무사를 거느리고 마포나루로 향했다.

그리고 병호가 반 시진 후 마포나루에 도착하자 기다리고 있던 열 명의 기술자들이 합류를 했다. 그로부터 사흘이 지난 열사흘 늦은 오후 병호는 자신의 고향 집에 도착했다.

"어머니!"

싸리문을 밀고 들어가자마자 어린아이처럼 병호가 '어머니'를 부르며 들자. 부엌에서 점심을 준비하던 처가에서 보내준 하녀가 놀라 튀어나오고, 사랑방에 걸린 무쇠 솥에 쇠죽을 쑤던 장쇠의 조부가 허리를 두드리며 나타났다.

"아이고, 어서 오세요, 도련님!"

"오셨슈?"

청지기 장씨가 반가움에 눈물까지 흘리며 맞는데, 처가에서 보내준 하녀는 무덤덤한 얼굴로 형식적인 인사를 해왔다.

"더 젊어진 것 같아요? 할아범!"

"그럴 리가 있나요?"

비록 덕담으로 건네는 인사지만 병호의 말에 장씨가 기분 좋은 웃음으로 응대를 했다.

이때였다. 어느새 안방 문을 열고 나오신 어머니가 대청마루 끝에 서서 병호를 보고 말했다.

"어서 오너라! 참 많이도 컸구나! 길거리서 만나면 몰라보겠어?"

"설마요? 어머니가 아들도 몰라보실 라고요?"

"그만큼 많이 자라기도 했지만 무심하다는 말이다. 얼굴 보기가 이렇게 힘드니 원?"

"그건 소자의 잘못이고요. 건강은 어떠세요?"

"어미 나이 이제 겨우 서른여섯이다. 아직 건강을 논할 나이는 아닌 것 같구나."

어머니는 그간 거의 찾아오지 않은 아들이 많이 서운했던지 계속 뼈있는 말씀만 하셨다.

"들어가시죠?"

그사이 댓돌 위에 오른 병호가 마루에 오르며 하는 말에 어머니가 물었다.

"오늘은 무슨 바람이 불어 왔노? 설에도 내려오지 않는 놈이."

"저, 장가가려고요."

"뭐? 언제?"

"이제 닷새 남았나?"

"제멋대로구나, 색시는 그 강경의 그 상인 딸이냐?"

"네! 죄송합니다. 어머니!"

"아이고, 이제 네놈이 홀어미라고 날 완전히 무시하는구나. 제 어미하고는 일언반구 상의도 없이 혼인 날짜를 안 잡나……! 아이고, 아이고, 자식 키워봐야 다 소용없다더니, 옛말 하나 그르지 않구나!"

이러다가는 정말 대청마루에 두 다리 쭉 뻗고 통곡이라도 하실 것 같아 병호가 얼른 어머니를 부축해 안방으로 들이며 급히 화제를 전환했다.

"어머니! 한양으로 이사하시죠?"

"내가 왜? 불효막심한 놈에게 또 무슨 수모를 당하려고."

"그래야, 손자를 낳으면 봐주시기도 하시고……."

"한양에 데리고 가 산다더니, 혹시 그새 임신이라도 시킨 게냐?"

병호가 머리를 긁적이며 답했다.

"그건 아니고요. 함께 사시면 어머니가 보다 편하실 것 같아서요."

"일 없다. 나는 번잡한 대처보다 조용한 이 시골이 좋아."

"들어오다 냄새 풍겨오는 것을 보니 쇠죽을 쑤는 것 같던데요?"

"늙은 나귀도 네가 끌고 가 집 안이 허전해 소 한 마리 들였다. 그리고 네가 주는 돈 아껴 밭도 다섯 마지기나 장만했다. 너무 무료해 밭일이라도 하면 적적함을 면할 것 같아 시작했지만, 농사가 보통 힘든 게 아니더라."

"뭐라 그런 일을 하세요. 필요하시면 용돈 배로 늘려 드릴 테니, 밭일은 그만 두시고……."

"돈이 궁해서는 절대 아니다. 네가 집을 나가 돈을 주기 시작한 후로는 배를 곯고 사는 일이 없어, 그거 한 가지는 무척 좋다."

"어머니가 또 좋아하실 일이 있는데……."

"뭔데?"

이에 병호는 아직 닫지도 않은 문 사이로 장쇠를 크게 불렀다.

"장쇠야!"

"네, 나리!"

"향장품 보따리 가져와!"

"네!"

곧 장쇠가 커다란 향장품 보따리를 들고 들어와 방 안에 놓고 나갔다. 그러자 병호는 보따리를 풀어헤치며 말했다.

"어머니, 이건 금번에 새로 개발한 비누와 세탁비누인데요, 잘 씻기고 때가 잘 빠지는 것은 물론이고요. 향내도 아주 좋습니다."

"어디?"

어머니가 병호가 내미는 세수 비누를 받아 포장을 벗기더니 향내를 맡아보셨다. 그리고 말씀하셨다.

"확실히 냄새는 좋구나!"

"써 보시면 더 놀라실 겁니다."

병호의 말 그대로였다. 암모니아 소다법으로 만든 소위 양잿물이라는 가성소다로 만들어, 세척력이 크게 향상되었기 때문이었다. 세탁비누 또한 마찬가지였다.

이어 병호는 칫솔 치분 및 각종 화장품을 보여주며 한동안 어머니의 환심을 사더니 밖을 향해 소리 질렀다.

"위치는 잡았어?"

"아니요? 아직 찾고 있는 중입니다요."

이에 어머니가 궁금한지 밖을 내다보며 물었다.

"뭐하는데 그래?"

"샘 하나 파 드리려고요. 동네 한가운데 있는 우물까지 가려면 아무래도 거리도 멀고, 그러다 보면 물도 맘대로 쓰지 못하실 것 같아서요."

"집안에 우물이 하나 있으면 좋긴 좋지."

"어머니도 한번 나가 보실래요? 일반 우물과는 달리 두레박질이 필요 없는 우물이 될 겁니다."

"무슨 그런 우물이 있어? 그래, 어디 한번 나가보자. 뭘 어떻게 한다는 건지."

"그전에 이 돈부터 받으세요."

"무슨 돈을 또 준다고……."

말은 그렇게 하셨으나 벌써 어머니의 얼굴에는 함박웃음이 피어나고 있었다. 그런 어머니를 보며 병호는 잘 모실 것을 내심 다짐하고 또 했다. 서른하나에 청상이 된 가련한 어머니를 위해서라도.

병호가 어머니를 모시고 나가니 마포나루에 태워 온 열 명의 기술자 중 한 명이 버드나무 가지를 가지고 마당을 이리저리 돌아다니고 있었다. 그러나 버드나무는 아무런 반응이 없었다.

그러던 어느 순간이었다. 갑자기 버드나무 가지 두 개가 일제히 지면을 향해 크게 휘었다. 이를 본 기술자들이 환호성을 질렀다.

"됐다, 됐어! 이곳에서 물이 나오겠어!"

이를 본 어머니도 한 말씀 하셨다.

"거참, 희한하구나! 버드나무가 갑자기 왜 휘지?"

"그건 소자도 잘 모르지만 버드나무가 물이 많은 곳과 반응하는 것은 틀림없습니다."

"그럼, 저곳에 샘을 판다는 소리냐?"

"네, 어머니!"

답하고 병호가 바라보니 그 위치는 남동쪽 담장 부근이었다. 이에 병호가 주의를 주었다.

"담장 안 무너지게 잘 파요."

"네, 사장님!"

한 기술자가 밝게 대답하는 가운데 병호는 작두 펌프를 만들며 고생한 생각을 머리에 떠올리고 있었다.

진상방의 교진청과 만나 작두 펌프의 합작 생산까지 제안해 놓은 상태에서도 병호의 고심은 컸다. 펌프의 몸체야 주물 생산을 하면 되지만 가장 문제가 되는 것은 물을 끌어올릴 때 사용되는 펌프 안에 내장된 고무 패킹과, 땅속에 묻힐 파이프의 생산이었다.

고심하던 병호는 딱딱하지만 그래도 연질인 쇠가죽을 앞뒤로 누벼 고무패킹을 대용하니 성능은 약간 떨어지지만 물을 끌어올리는 데는 하등 지장이 없었다. 이제 문제는 파이프를 만드는 것이었다.

어차피 대량생산 체제로 가지 않으면 큰 승산이 없다고 판단한 병호는 동영상에서 한 번 본 파이프 제작법에 매달렸다. 이때만 해도 진보를 거듭한 증기기관은 벌써 다관증기기관으로 대체되어 그 힘이 무척 세어져 있었다.

이를 동력으로 병호는 봉재 형태의 뜨거운 둥근 쇠를 향해 그보다 직경이 가늘면서도 제일 앞은 뾰족한 장봉을 장착한 증기기관으로 둥근 쇠를 관통시키는 작업을 했다.

그런데 이 과정에서 하나 문제가 발생했으니 뜨거운 봉재가 밀리지 않아야 하는데 사람이 물 묻힌 두꺼운 쇠가죽으로 잡고 있으나, 일정하게 잡고 있을 수가 없었다. 그래서 또 하나 개발된 제품이 클램프였다.

클램프 제작은 크게 어려운 것이 아니었다. 들여온 공작 기계(선반)와 주물을 결합시키면 되었다.

아무튼 이렇게 되어 6미터가 아닌 5미터 단위의 철관이 생산되기 시작했고, 청나라는 이렇게 긴 파이프를 만들 실력이 되지 않기 때문에 그들은 파이프에 한해 전량 수입해 가고 있었다.

그리고 또 하나 철관과 철관과의 이음에는 이음관을 생산해 대처했다. 물론 이렇게 하면 연결 부분에 누수가 있는 것은 당연했으나 사전에 얇은 헝겊을 감아 강제 타입(打入)시키면 성능에는 큰 문제가 없었다.

생각에서 깨어난 병호가 어머니를 모시고 들어가며 물었다.

"어머니 필요하신 것은 없으세요?"

"음… 있다."

금방 떠오르지 않는지 길게 끌던 어머니가 답하셨다.

"네가 자주 내려와 얼굴 보여주는 것."

"참 내, 어머니도. 앞으로는 반드시 그렇게 하도록 하겠습니다."

"분명 약속했다?"

"네, 어머니!"

"혼인 날짜가 언제라고?"

"닷새 남았습니다."

"그러면 우리도 잔치 준비를 해야 하지 않느냐?"

"번거로우니 신부 집에서 식 한 번 올리는 것으로 끝내죠?"

"안 된다. 우리 집에서도 잔치를 열어야지."

"그럼, 어머니! 동네 사람들 전부 초청해 음식을 내는 정도로 끝내죠?"

"너는 도대체가……."

반대하는 어머니를 간지러움 태우며 애교를 떠는 바람에 그
렇게 결론이 났다.

그로부터 나흘 후 아침 새참 무렵.

동네 사람들까지 임시 인부로 고용해 아직도 샘을 파느라
어수선한 가운데 동네 부녀자들이 모두 몰려와 잔치 음식을
준비하느라 야단법석을 떨고 있었다.

이런 가운데 병호는 어머니를 모시고 길을 나섰다. 내일이
잔칫날이라 처가가 있는 강경으로 가기 위함이었다. 그렇게
얼마를 가니 온통 보이는 것이 푸르러 보였다.

윤 삼월이라 양력으로는 오월쯤 되어 벌써 산과들은 연녹
색으로 푸르렀고 바람은 산들산들 불어 여행하기 딱 좋았다.
그러나 모처럼 길을 나선 어머니는 얼마 가지 않아서부터 잠
시 쉬었다가곤 하셨다. 그런 어머니에게 병호가 말했다.

"가마를 준비한다는데, 거절하시더니……."

"얼마나 이 좋은 계절이냐? 나들이하기 딱 좋은 계절이라
주변 경치도 구경하며 천천히 가려했더니, 그나마도 벌써 힘
들구나!"

'많이 걸어보지 않아서 그래요.'

이 말이 입에서 뱅뱅 돌았으나 병호가 꾹 참고 물었다.

"어머니는 아들 딸 많이 나으시기를 바라시죠?"

"그것도 아들로만, 한 열 명 낳았으면 좋겠다. 우리 집안이 원체 손이 귀하니, 일가친척 많은 집을 보면 항상 부럽더라."

"알겠습니다. 아들로만 한 스무 명 낳겠습니다."

"뭐……?"

어이가 없는지 어머니가 제자리에 서서 아들 얼굴을 바라보시고, 그런 어머니의 장옷 쓴 얼굴로 눈부신 윤 삼월의 태양이 쏟아져 내리고 있었다.

*   *   *

어머니와 병호가 처가에 도착한 것은 유시 무렵으로 겨울 같았으면 벌써 해가 넘어갈 시간이었다. 그러나 아직도 잔치 음식 준비가 덜 끝났는지 기름 냄새가 진동을 하고 있었다.

이런 속에서 병호는 어머니를 사돈의 거처이자 여인의 거주 공간인 안채에 모셔다 드렸다. 그리고 병호는 장인의 거처가 있는 사랑채로 나왔다. 그런데 주변이 크게 소란스럽지 않았다. 평상시보다 조금 더 시끄러운 정도였다.

이는 병호가 혼인 사실을 주변 누구에게도 알리지 않은 데다, 처가에도 검소하게 치를 것을 주문했기 때문인 것 같았다. 아무튼 병호가 중정(中庭)에 도착하니 그때까지 기다리고 있던 장인과 수석차인 홍순겸이 그를 얼른 사랑채로 들였다.

방 안에는 이미 풍성한 주안상이 차려져 있었다. 이를 보고 자리에 앉으며 장인 박춘보가 말했다.

"벌써 식기 시작했을 걸세. 어서 드세."

"나는 사장님이 혼인 날짜를 잊으신 게 아닌가 했습니다."

홍순겸도 한마디 하는 속에서 병호가 자리에 앉으며 물었다.

"요즘 사업은 어떻습니까?"

"자네 덕분에 아주 잘 되고 있네."

"다행입니다."

말을 하며 병호는 술병을 들어 장인의 잔에 먼저 술 한 잔을 쳐주고, 홍순겸에게도 한 잔을 따라주었다. 그러자 홍순겸이 술병을 이어받아 병호의 잔에도 잔 가득 따랐다.

"정말 딸년을 노처녀로 늙어 죽이나 했더니, 이런 날이 오긴 오는군! 하하하……! 한잔하세!"

"네, 장인어른!"

홍순겸까지 셋이 일제히 잔을 들어 비우고 다시 술이 따라지는 속에서 병호가 은근슬쩍 홍순겸을 바라보며 말했다.

"요즘 벌여놓은 일은 많고 사람이 너무 없어 죽겠습니다."

"이 사람이, 이제 하나 남은 측근마저 빼가려고 하는 건가?"

"그동안 밑의 사람이 많이 성장했을 것 아닙니까?"

"그런 자네는 사람 안 키우고 뭐했나?"

"키우기야 키웠지만 워낙 벌여놓은 일이 많다 보니 그렇게 되었죠."

"참 내……! 자네 생각은 어떤가?"

"저야 저가의 명에 따릅죠."

공을 다시 자신에게 넘기자 박춘보가 잠시 생각에 잠겼다 말했다.

"자네 잘 되는 것이 내가 잘 되는 길이니, 정 원하면 한양에 올라갈 때, 데리고 올라가시게."

"감사합니다. 장인어른!"

술상머리에서도 급히 예를 차린 병호가 기쁜 마음으로 잔을 비우자 모두 따라 잔을 비웠다. 그리고 박춘보가 다시 술병을 들어 병호의 잔에 따르며 물었다.

"행궁과 요정 공사는 어찌 되어가고 있나?"

"이제 시멘트며 유리 등 원하는 것이 모두 생산되기 시작해, 공사가 빠른 속도로 진척되고 있습니다. 약속대로 올 안에는 완공이 될 것입니다."

"다행이군."

"잔치 끝나고 언제라도 한번 저희 공장을 둘러보는 기회를 갖도록 하시는 게 좋겠습니다. 그 현장을 보면 장담하건대 사업에 대해 새로운 눈을 뜨시게 될 것입니다."

"그 정돈가?"

"물론입니다."

"좋네. 날 잡아 올라갈 테니, 박대하지나 마시게."

"하하하……! 알았습니다."

이후에도 셋은 사업 이야기로 꽃을 피우며 꽤 많은 양의 술을 마셨다. 그러자 말술인 병호도 은근히 술이 올랐다. 그러자 갑자기 병호가 자리에서 일어나며 말했다.

"잠시 안채에 다녀오도록 하겠습니다."

"왜?"

"지금까지 장모님하고는 이야기 한 번 제대로 나눈 적이 없어서……."

"사위 사랑은 장모라는데, 어서 가보시게."

"감사합니다."

박춘보의 선선한 양보에 병호는 바로 자리에서 일어나 안채로 향했다.

생각지 않은 갑작스러운 병호의 등장에 장모부터가 수선을 피우며 안방으로 맞아들이는 가운데, 어머니와 지홍은 어디로 갔는지 전혀 모습이 보이지 않았다. 단지 자신의 어머니와 이야기를 나누던 순영만이 다소곳이 그를 맞아들였다.

"어서 아랫목으로 앉으시게. 사위 얼굴 제대로 보기가 이렇게 어려워서야. 원!"

"어머니, 아랫목은 잔치 음식 준비하느라고 뜨거워요."

"그런가?"

상빈은 아랫목에 모시는 것이 관례라 무심코 말했다가 딸의 지적을 받고는 병호를 윗목에 앉힌 장모가, 급히 밖에다 주안상을 준비시키고 병호의 맞은편에 앉으며, 새삼 사위의 얼굴을 자세히 뜯어보았다.

무안했지만 병호도 슬쩍 장모의 얼굴을 바라보니 처음 느낌 그대로 순영이 장모를 빼닮았다는 것을 알 수 있었다. 그런 장모가 환한 얼굴로 말했다.

"어찌 갈수록 인물이 훤해지시는가? 장사가 아니라 인물만으로도 어디 가 굶어 죽지는 않겠네."

"별말씀을 다 하십니다."

병호가 겸연쩍은 미소로 답하자 장모가 갑자기 엉뚱한 제의를 했다.

"안사돈도 함께 모실까?"

"안 걷던 분이 하루 종일 걸으셨으니 아마 피곤해 잠자리에 들었을지도 모르겠습니다."

"저녁도 안 드시고? 네가 가봐라."

"네, 어머니!"

"내버려 두세요. 남과 잘 어울리지도 못하시는 성격이십니다."

"하긴 나도 사부인이 어렵기만 하네."

"그런 분이 왜……?"

"자네도 어렵긴 마찬가지라서."

"하하하……!"

병호가 크게 웃고 있는데 주안상이 들어왔다. 이에 술상이 놓이자마자 술병을 들어 병호에게 술을 권하시는 장모님이셨다.

"자, 내 잔 한 잔 받으시게."

"네."

병호가 사양치 않고 술잔을 내밀고, 술이 잔에 가득차자 병을 앗아 병호도 장모의 잔에 술을 가득 쳤다. 그리고 병을 든 채 순영에게 말했다.

"부인도 한 잔 받으시오."

이에 어머니의 눈치를 보는 순영이었다. 그러자 어머니의 일장 훈계가 시작되었다.

"요새 세상은 술 못 마시는 것도 바보 천치란다. 사람이 살면 한 세상 얼마나 산다고, 이 눈치 저 눈치를 보아야 하는지, 원. 너는 절대 그렇게 살지 마라. 가끔씩은 제가 하고 싶은 일 하고 사는 것도 좋아. 비록 나는 그렇게 살지 못했지만, 너만은 좋은 세상 만나 좀 더 하고 싶은 대로 하고 살았으면 좋겠다."

그래도 주저하고 있는 순영을 향해 병호가 말했다.

"장모님 말씀 들었지? 어서 잔 들라고. 팔 떨어져."

"네."

그제야 고개를 푹 숙이고 잔을 내미는 순영이었다.

이렇게 세 사람의 술자리가 반 시진 정도 이어지다 파했다.

*   *   *

다음 날.

마당이 가장 넓은 바깥채에서 사시가 되지 예식이 시작되었다. 평소 온갖 짐들로 넘쳐나던 마당에는 차일이 쳐지고 몰려온 동네 사람들과 박춘보와 친한 상인들로 인해 발 디딜 틈 없이 빼곡한 가운데, 초례상 앞에서 신랑과 신부가 맞절을 하고 있었다. 이른바 교배(交拜)라는 것이다.

이렇게 시작된 혼례는 신랑과 신부가 서로 술잔을 나누는 합근례(合巹禮)를 행하는 것으로 모든 큰 의식이 끝났다. 말로는 이렇게 간단하지만 이렇게 진행되기까지는, 그 안에 소소한 의식이 많아 상당히 시간이 걸렸다.

아무튼 이 모든 의식이 끝나자 신랑과 신부는 각기 다른 방으로 들어가 혼례복을 벗는 '관대 벗김'을 행했다. 이어 큰상이 들어와 병호는 이를 먹는 시늉만 하고 그냥 내보냈다.

물린 이 음식은 그대로 광주리에 담아져 신랑 집에 보내질 것이다. 그러면 신랑 집에서는 이 음식을 보고 신부의 음식 솜씨를 대충은 판별할 수 있는 것이다.

아무튼 이 의식이 끝나자 병호는 박춘보가 안내하는 대로 따라가, 중정의 큰 방에 들어 신부의 일가친척과 일일이 인사를 나누었다. 이것을 끝으로 혼례의 큰 절차가 모두 끝났다.

이제 남은 것은 신랑 신부가 신방을 꾸미는 일이었다.

순영으로 보면 신랑 신부의 일가친척들에게 인사를 드리는 것으로 모든 큰 의식이 끝났다. 그러나 아직 끝나지 않은 것이 있었다. 바로 지홍과의 약식으로도 혼례를 올리는 일이었다.

그렇지만 이 의식은 행할 수가 없었다. 장인 박춘보도 이 일에 대해서는 양해한 일이었지만, 이 이야기를 일가친척 앞에서 꺼냈다가 그들의 완강한 반대로 그만 어색해지는 장면이 연출되고 말았다.

하긴 애초부터 이런 계획을 한 병호가 무리수를 둔 것이었다. 어느 누가 혼인하는 날 첩 들이는 것이 좋아 이 의식을 허락하겠는가? 그래도 박춘보는 병호와 특수 관계로 허락했지만 가까운 친인척들로 보면 절대 허락할 수 없는 일이었던 것이다.

아무튼 이런 일로 인해 난처해진 박춘보가 얼굴을 비치지 않는 가운데 병호는 기다리고 있는 지홍에게 가 그녀를 설득하느라 진땀을 빼야 했다.

"조실부모하고 일가친척 하나 없는 천애 고아라고 나를 괄시하는군요. 아이고, 서러워라! 흑흑흑……!"

한바탕 통곡을 하는 그녀를 보니 왠지 측은하고 미안했지만 순영 집의 분위기로 보아 될 일이 아니었기에 병호가 그녀를 설득하기 시작했다.

"내 한양에 올라가는 대로 이보다 큰 잔치를 열어 그대를 맞아들이겠소. 됐소?"

"정말이시죠? 괜히 이 자리 모면하려고……."

"진짜니 너무 서운해 마시오."

"알았어요. 꼭이에요?"

"물론!"

이렇게 해서 대충 지홍의 마음도 달래놓은 병호는 어서 밤만 되기를 기다렸다. 그러나 이날따라 시간은 매우 더디게 흘렀고 유난히 낮이 길게 느껴졌다. 그래도 시간은 흐르고 마침내 초저녁이 되었다.

그러자 안채에서 하녀 하나가 나와 병호를 청했다.

"신방으로 드시랍니다."

"험, 험, 그럴까?"

자리에서 일어난 병호는 하녀를 따라 안채로 향했다.

안채에는 금번 혼례를 맞아 신방을 새로 꾸몄다. 제법 돈을 들였는지 주변에는 작은 연못도 있어 풍취를 더하는 가운데 외따로 떨어진 신방에 드니 순영이 혼례복도 벗지 않은 그대로 고개를 푹 숙인 채 기다리고 있었다.

곧 안내한 하녀가 돌아가고 병호가 엉거주춤 서서 말했다.

"옷이라도 벗고 있지 불편하게……."

"신랑이 벗겨주는 거래요."

"그래? 알았소. 내 차례로 전부 벗겨주지."

병호의 낯 뜨거운 말에 신부의 얼굴이 급 홍당무가 되는데, 곧 밖에서 고하는 하녀의 목소리가 들려왔다.

"주안상 들일게요?"

"어서 들이시오."

"네!"

종전의 하녀와 다른 하녀가 문을 열고 각각 상 하나씩을 들고 들어와 방 안에 놓고 나갔다. 예로부터 남녀가 겸상을 하는 예는 없었다. 겸상 정도가 아니라 남편이 상을 물린 후에 먹는 것이 예의였다.

그러나 오늘은 합환주(合歡酒)라고 남녀가 잠자리에 들기 전에 마시는 예가 있는지라 각각의 상이 들어온 것이다. 아무튼 낮에 먹었어야 할 국수까지 다시 올라온 것을 보고 병호가 말했다.

"술만 마셨더니 기어이 다시 올라왔군. 부인은 국수라도 들었소?"

"네, 조금요."

"배고플 텐데 어서 상 앞으로 다가오시오."

"네!"

작게 대답한 순영이 주춤주춤 다가와 자신의 상 앞에 앉자 병호가 말했다.

"국수를 먹기 전에 술 한잔 어떻소?"

"빈속에 마시면 빨리 취한다고 하지 않습니까? 우선 식사를 하신 후에 드시는 게 좋겠습니다."

'멋대가리 없기는!'

속으로 투덜거리면서도 병호는 그녀의 말대로 젓가락을 들어 후루룩 국수 한 그릇을 금방 깨끗이 비웠다.

국수 이야기가 나와서 말이지만 오늘 혼례에 낸 국수도 병호가 개발한 국수 뽑는 기계에 의해 만들어진 기계 국수였다. 그러니까 오늘날 소면이라고 파는 국수와 대동소이하다 할 수 있는 것이 상에 오른 것이다.

아무튼 병호가 금방 한 그릇을 비우고 순영을 보니 그녀는 아직도 깨작거리고 있어 성질 급한 병호의 속을 뒤집어 놓고 있었다. 그러나 이를 뭐라 할 수 없는 게재라 병호는 꾹 눌러 참고 그녀가 빨리 먹기만 바랐다.

어떻게 되었든 시간은 흘러 그녀가 반쯤 먹은 국수 그릇을 내려놓자 병호는 대뜸 술병을 들고 말했다.

"자, 내 잔 한 잔 받으시오."

"어찌 소첩이 먼저 잔을 받을 수 있겠사옵니까?"

"하면 당신이 따라 주겠소?"

"그것은……."

난처한 듯 망설이는 그녀를 보니 속이 뒤집어질 것 같아 병호는 자작을 하고 그녀의 잔에 따르니 그녀도 마지못해 응했다.

이렇게 시작된 술이 서너 순배 돌자 순영의 얼굴이 발그레해지며 말했다.

"소첩은 벌써 취하는 것 같사옵니다. 하오니……."

"그만 마시겠다는 말이오?"

"네."

"한 잔만 딱 더 받으시오."

"정말 이 한 잔이 마지막이옵니다."

"알았소."

이렇게 되어 서로 한 잔씩을 비우고 나니 그녀가 더 이상 마시지 않으려 해 술자리는 그 길로 파할 수밖에 없었다. 그러자 분위기가 급속히 어색해졌다. 이에 병호가 밖을 내다보며 크게 소리를 질렀다.

"그만들 물러나시오."

창호지를 손가락으로 뚫고 안을 들여다보던 사람들이 병호의 말에 놀라 키득거리며 사라졌다. 그러자 병호가 점잖게 말했다.

"가까이 오오."

"네."

대답은 했으나 전혀 미동도 않는 그녀를 보니 다시 속에서 천불이 올라왔지만 신방의 평화(?)를 위해 이를 꾹 참고 병호가 말했다.

"이부자리부터 폅시다."

"네,"

그제야 자리에서 조용히 일어나 농 속에 든 비단 금침을 꺼내 아랫목에 깔기 시작하는 순영이었다.

그동안 병호도 자리에서 일어나 주안상 2개를 윗목으로 치웠다. 그리고 자신 먼저 두루마기부터 훌훌 벗어 횃대에 걸었다. 그리고 슬쩍 신부를 바라보니 순영은 고개를 푹 숙인 채 미동도 않고 있었다.

그러나말거나 바지저고리 차림이 된 병호가 일어난 김에 아예 촛불마저 후 불어 꺼버렸다. 그러자 열여드레 늦은 달은 아직 떠오르지 않아 방 안이 갑자기 암흑이 되었다.

그리고 금침을 찾아가는데 하필 방향을 잘못 잡아 순영에게 걸려 넘어질 뻔했다. 그 순간 순영은 순영대로 놀라 뾰족한 비명을 지르니, 멀리서 키득거리는 소리가 들려왔다. 안 보여 알 수 없지만 순영의 얼굴도 빨개졌을 것이다.

아무튼 떡 본 김에 제사 지낸다고 순영이 곁에 있자 병호는 그녀에게 접근해 족두리부터 벗기는데 이게 어두워 제대로 되지 않았다. 그래서 병호가 순영에게 물었다.

"성냥 어디 있소?"

"윗목에……."

그녀의 작은 소리도 용케 알아들은 병호가 윗목을 더듬거려 성냥을 찾아 다시 초에 불을 붙였다.

그리고 다시 그녀에게 접근해 족두리부터 벗기고 그의 원삼을 벗기려 몸에 손을 대니 화들짝 놀란 그녀가 말했다.

"소첩이 벗겠사옵니다."

"새벽이 되어야 다 벗는 것 아니오?"

"그, 그렇지는 않을 것이옵니다."

"알았소. 어서 벗으시오."

"불 좀……."

"젠장……!"

오늘 몇 번을 일어났다 앉았다 하는지 자신도 모르게 한소리 하고는 다시 촛불을 미련 없이 끄고 더듬더듬 자신의 자리로 온 병호였다. 그리고 한참을 기다려도 옷 벗는 소리가 들리지 않아 병호가 조금은 신경질적으로 말했다.

"명 짧은 놈은 옷 벗는 것 기다리다 그 안에 돌아가시겠소."

"알겠사옵니다."

어둠 속에도 입을 앙다무는 것이 보이는 것 같더니 그녀의 옷 벗는 소리가 들려왔다.

비단 스치는 소리가 마치 어느 시인의 말처럼 사르락사르락 들리자, 병호 또한 서슴없이 자신의 옷을 벗어나갔다. 그렇게 병호가 옷을 다 벗고 금침 위에 벌렁 누워 그녀를 기다리나 순영은 무엇을 하는지 아무 소리도 들리지 않았다.

그래서 병호가 말했다.

"이불 속으로 들어오오."

"네."

"옷은 다 벗었소?"

"……."

아무 말이 없는 그녀였다. 이에 병호가 말했다.

"속적삼과 속치마만 걸치고 들어오시오."

"네."

그제야 또 한 번 옷 벗는 소리가 나고 그동안 병호 또한 이불 속에 누워 그녀를 기다리니 그녀가 더듬더듬 자신의 곁으로 왔다.

"이곳이오."

그녀를 안내해 자신의 곁에 눕힌 병호가 잠시 그녀의 몸에 손을 댈까 말까 망설이고 있는데 순영의 거친 호흡 소리가 마치 천둥처럼 쌕쌕 크게 들려왔다. 그런 그녀를 보니 병호 자신도 이상하게 긴장되어 왔다.

"험, 험, 당신은 아이를 몇 명이나 낳았으면 좋겠소."

"낳는 대로 낳는 것이지 정해놓고 낳습니까?"

하긴 가족계획을 할 수 없는 세대이니 그녀의 말이 정답일 것이다. 그런 생각과 동시에 병호의 머리에는 '콘돔'이라는 단어가 떠올랐다.

훗날 기회가 되면 만들어보기로 하고 병호가 말했다.

"나는 딸이 더 좋은데 당신은 어떻소?"

"소첩은 아들 낳는 게 백번 낫습니다. 아니면 소박당하잖아요?"

그녀의 말 그대로였다. 칠거지악이 엄연히 살아 있는 속에서 물은 병호가 바보일지도 몰랐다. 아무튼 그녀의 말을 받아 병호가 말했다.

"당신 말대로 아들을 낳으려면 여자의 몸이 무척 달아올라야 하오. 하니 이제부터 당신은 내게 맡기고 몸이 부들부들 떨려올 정도가 되어도 꾹 참고 있어야 되오. 알겠소?"

"몸이 부들부들 떨리기까지 하옵니까?"

그녀도 긴장을 해소하기 위함인지 오늘 따라 유난히 말이 많았다.

"물론이오. 절정에 오르면 그 정도까지 될 것이오."

"소첩은 무슨 말인지 전혀 모르겠사오나, 아들을 낳을 수만 있다면 서방님 말씀대로 하겠사옵니다."

"자, 그러려면 옷부터 벗어야 하니 마저 벗으시오."

"꼭 다 벗고……."

"어허, 이 사람 보게. 하면 가죽신 신은 채 발을 긁어보오. 그러면 가려운 발이 어디 시원해지겠소?"

"알겠사옵니다."

"내 말했잖소. 아들을 낳으려면 몸이 달아올라야 된다고, 그런데 무슨 옷을 입고 어쩌고저쩌고요."

"소첩은 단지 부끄러워……."

"내 다 이해하니 어서 벗기나 하오. 아니면 내가 벗겨 드리리까?"

"아, 아니옵니다. 소첩이 벗겠사옵니다."

"알았소."

병호의 말이 끝나고도 잠시 뜸을 들이던 순영이 마지못해 자리에서 일어나 걸친 옷을 하나씩 벗기 시작했다. 이윽고 다 벗었는지 그녀가 다시 이불 속으로 들어왔다.

그래서 병호가 대뜸 그녀의 상체를 만져보니 비단 천으로 단단히 동여맨 가슴은 그대로였고, 아래도 한 겹 무장은 하고

있을 것 같았다. 그러나 더 이상의 강요는 무리라 보고 병호
는 슬슬 발동을 걸었다. 상반신을 일으켜 세웠다.

그리고 이제 희미하게 보이는 그녀의 얼굴을 더듬어 양손
으로 그녀의 얼굴을 그대로 고정시켰다. 그리고 천천히 그녀
의 이마를 향해 입술을 눌러갔다. 병호의 뜨거운 입김이 점점
자신의 얼굴로 가까이 다가오자 그녀의 상체가 잠시 부르르
진동을 일으켰다.

그러거나 말거나 병호는 이내 그녀의 이마에 접근해 가볍게
입맞춤을 하고, 이젠 그녀의 눈두덩으로 향했다. 그러자 그녀
가 숨을 멈춘 채 기다렸다. 물론 이미 눈을 꼭 감은 상태였다.

이내 그녀의 눈두덩에게까지 가볍게 눌러 준 병호의 입술
이 향한 것은 당연하게도 그녀의 입술이었다. 병호의 뜨거운
호흡과 함께 천천히 자신의 입술 위로 다가오는 것을 느낀 그
녀가 갑자기 병호를 세차게 끌어안아 왔다.

"서방님······!"

"왜 그러오?"

"심장이 두방망이질 해 도저히 못 참겠어요. 빨리 끝내주시
면······."

"아직 시작도 하지 않았소."

"아이고, 심장이 터질 것 같아요. 서방님!"

병호는 그녀의 떠드는 소리를 무시하듯 갑자기 그녀의 입

술을 덮쳤다.

"헙……!"

허파에 바람 빠지는 소리가 들리며 깜짝 놀란 그녀가 밑에
서 버둥거렸다. 그러거나 말거나 병호는 열심히 그녀의 입술
을 탐닉했다. 그러던 어느 순간 그녀가 더욱 흥분이 고조되는
지 자신도 모르게 입을 헤 벌렸다.

그런 그녀의 구강 안으로 난폭하게 밀고 들어가는 병호의
설육이었다.

"읍……! 으으으……!"

놀라 또다시 버둥거리는 그녀를 꾹 누르며 병호는 그녀의
구강 안을 마구 헤집고 다녔다.

그럴수록 순영은 더욱 세차게 병호를 끌어안고 버둥거리며
어쩔 줄 몰라 했다.

성에 대해서는 거의 무지한, 그러나 순수한 순영이 입맞춤
만으로도 한껏 달아올라 어쩔 줄 몰라 하자, 병호는 입술을
떼고 그녀를 가만히 끌어안았다. 그리고 마치 아기를 재우는
것처럼 등을 토닥여주자, 그녀의 호흡이 점차 안정되어 가는
것을 느꼈다.

그러자 병호가 다시 상체를 모로 세워 그녀의 귓가에 속삭
였다.

"은애하오!"

"어머, 남사스러워!"

펄쩍 뛰는 순영이나 병호는 아낌없는 입술 봉사를 계속했다.

"은애하오!"

다시 속삭이며 그녀의 귓바퀴에 뜨거운 바람을 불어넣자 그녀가 몸을 빼내며 말했다.

"아이고, 왜 그래요? 또 흥분되잖아요?"

"몸이 달아올라야 아들 낳는다 하지 않았소?"

거머리 같이 악착같이 그녀 곁으로 달라붙으며 그녀의 귓속에 퍼붓는 말에 순영이 옅은 비음을 흘리며 말했다.

"아으, 몸이 이상해요!"

'이상하라고 이러고 있소.'라는 말을 삼키며 병호는 이제부터 본격적으로 혀로 봉사를 행하기 시작했다. 뜨거운 입김과 함께 혀가 그녀의 귓바퀴를 휘돌고, 심지어 그녀의 귓구멍까지 희롱하니 다시 그녀의 호흡이 급박해져 다리를 버둥거리기 시작했다.

한참을 그렇게 귓구멍 청소까지 해준 병호가 갑자기 그녀의 한 팔을 들어올렸다. 그리고 겨드랑이에 입술을 대는 순간 깜짝 놀란 그녀가 비명을 지르며 팔을 움츠렸다.

"아, 안 돼요. 거기, 거긴……."

"무슨 짓이오?"

그녀의 겨드랑이에 꼼짝없이 낀 병호가 화가 나서 낮으나 분명한 어조로 힐난했다. 그러자 유구무언인 그녀는 병호가 팔을 들어 올려도 아무 저항도 하지 않았다.

그러나 병호는 낭패스럽지 않을 수 없었다. 제모를 하지 않아 겨드랑이 털이 고스란히 그의 침에 의해 그대로 눕혀지는데, 그 촉감이 매우 이상했기 때문이었다. 그런데 그의 몸은 이상하게 달뜨고 있었다. 알 수 없는 일이었다.

한동안 양 겨드랑이를 번갈아 애무하던 병호가 비틀거리는 그녀를 안아 모로 세워놓았다. 그리고 등 뒤에서 안았다. 그리고 겨드랑이 사이로 그녀의 가슴을 향해 손을 내미는 순간, 낌새를 챈 그녀가 겨드랑이로 팔을 꽉 눌렀다.

자유 의지를 억제당한 병호가 낮게 으르렁거렸다.

"어허……!"

그 한마디에 그녀의 팔이 느슨해졌다. 그 틈에 가슴 가까이 다가간 병호의 손이 가볍게 그녀의 가슴에 날아 내렸다.

그리고 깨질까 계란을 쥐듯 말아 쥔 병호의 손이 그녀의 가슴을 포근히 감쌌다.

"음……!"

이 행위만으로도 무엇을 느끼는지 반듯하게 누우려는 그녀를 그대로 고정시킨 병호는, 실측 결과 그녀가 브래지어 사건 때 내뱉은 말이 과장임을 알았다.

최소 C컵 정도를 예상했으나 실한 B컵 정도 되었다. 그러나 병호는 한 손에 들어오는 가슴에 손바닥을 활짝 펴 손을 대었다. 그러자 벌써 꼿꼿해진 오디의 촉감이 왔다. 그대로 병호는 활짝 편 손바닥을 빙글빙글 돌렸다.

그녀의 가슴이 더욱 단단해졌다. 그녀의 몸이 이리저리 흔들리며 가볍게 앙탈하기 시작했다.

"아으……!"

그러나 병호는 결코 멈추지 않았다. 그녀의 호흡이 더욱 가빠지며 더욱 단단해졌다.

"아으, 아으……!"

견디다 못한 그녀가 반듯하게 눕는 것으로 회피 동작을 취했다. 그러나 그녀를 기다리고 있는 것은 악마의 설육이었다. 자연스럽게 그녀의 몸 위에 반쯤 올라 탄 병호가 가볍게 그녀의 가슴을 물었다.

"어머!"

깜짝 놀란 그녀가 버둥거리나 한 번 문 병호는 결코 물러나는 법이 없었다.

"아우, 아우……!"

그녀의 반응이 더욱 격해졌다. 다리까지 버둥거리며.

병호의 애무는 결코 격렬하지도 화려하지도 않았다. 단지 부드럽게 파고들 뿐이었다. 발기될 대로 된 오디 곁을 떠나지 않으면서도 주변을 끊임없이 탐닉했다. 그러던 어느 순간 그녀의 가슴 전체가 병호의 입속으로 빨려 들어갔다.

"아우……!"

깜짝 놀란 그녀가 격하게 반응했다. 그럼에도 불구하고 병호는 절대로 힘을 주어 취하지는 않았다. 그렇게 그녀의 가슴 전체가 몇 번 함몰되는 것 같더니 다시 병호는 낮은 비행을 하기 시작했다.

그녀의 오디 부근을 가볍게 스치듯 취하더니 어느 순간부터는 격렬해지기 시작했다.

"아으, 아으……!"

순영의 머리가 헝클어지며 격렬하게 도리질하기 시작했다. 그런 어느 순간 병호는 손을 내려 순영의 샅을 만져보았다. 질척거리는 정도가 아니라 이미 범람해 장마가 져 있었다.

더 이상의 애무가 필요가 없다고 느낀 병호는 살며시 일어나 그녀의 몸 위에 자신의 체중을 실었다. 그리고 어느 순간 그녀가 외마디 비명을 질렀다.

"악……! 아파요!"

그녀의 한마디에 마음이 약해져서는 절대 안 되었다. 그러면 자식 농사는 끝이다. 결연한 의지를 불태우며 병호는 천천히 노를 저어갔다. 이미 물이 들어와 배를 띄우고도 남음이 있었기에 노 젓기에는 충분했다.

그런 그의 머리에 이상한 문장이 떠올랐다.

'물 들어왔을 때 노 저어라!'

그러나 그 배는 멀리 출항하지 못했다. 병호 또한 흥분할 대로 흥분해 얼마 버티지 못했던 것이다.

마침내 병호가 그녀의 몸 위에 엎어지고 무난히 초야를 마친 신부는 안도감으로 신랑의 등을 꼭 끌어안고 있었다.

*   *   *

어머니는 장쇠와 함께 바로 이튿날 집으로 돌아가셨다. 갈 때는 사돈이 제공한 가마를 타고 가셨다. 올 때 너무 힘들었는지 차마 사양 한마디도 못 하고 가마에 몸을 맡기셨던 것이다.

하긴 애초에 사돈집에 와서는 안 되는 분이었다. 비록 일가 친척이 없어 상객(上客)으로 올, 조부나 심지어 작은 아버지조차 없다할 지라도, 누가 아직 정식으로 혼인하지 않은 사돈댁에 온다는 말인가.

그러나 격식 파괴의 대명사 병호는 아무렇지 않게 이 일을 자행시켰다. 그래도 신부 집에서는 대환영이었다. 완강하게 반대하던 분이 이렇게 몸소 납시셨으니 대접이 극진할 수밖에 없었다.

병호의 의식 파괴는 여기서 그치지 않았다. 혼례를 올린 지 이틀 만에 다시 우귀(于歸)를 행하겠다고 하니 장인 이하 모두 반대를 했다. 하지만 말려서 될 일이 아니었다. 항상 시간을 쪼개 살고 있는 병호는 할 일없이 처가에 죽 치고 있는 것이 몹시 싫어 강력하게 주장했다.

그의 고집을 꺾을 수 없어 바로 이틀 만에 신부가 시집으로 가는 우귀(于歸)가 실행되었다. 그러자 어지간한 장인 박춘보도 섭섭함을 감추지 못했다. 이 당시 대부분이 최소한 혼인한 달을 넘겨 우귀하거나, 아니면 해를 넘겨 신랑 집으로 가는 게 상례인데, 이틀 만에 우귀를 단행하니 서운할 수밖에 없었던 것이다.

아무튼 신부가 탄 가마가 병호네 동네 초입에 들어서니 사전에 통보를 받은 동네 사람들이 나와 목화씨, 소금, 콩, 팥 등을 뿌리며 잡귀를 쫓는 의식을 거행했다.

또 신부의 가마가 대문 앞에 당도하자 미리 피워놓은 짚불을 가마가 넘도록 했다. 이 또한 잡귀를 쫓는 한 의식이었다. 이어 신부의 가마가 대문을 들어서 대청 앞에 멎자, 병호가 가마의 문을 열어 신부를 맞았다. 이어 가마 위에 얹었던 호피를 지붕에 던져 올려 신부가 도착했음을 조상들에게 알렸다.

곧 시댁의 조상들에게 간단하게 제사를 지낸 두 사람은 이미 준비된 마당의 폐백장으로 갔다. 이미 마당에는 신부 집에서 보낸 고기와 포, 떡 과일 등이 잔뜩 진설되어 있었던 것이다.

이것이 소위 '이바지' 음식이라는 것이다. '조선의 산업 발전에 이바지한 공로로'라고 할 때의 이바지도 여기서 나온 말이다. 아무튼 신랑 신부는 이미 자리에 앉아 계신 어머님께 술 한 잔을 올리고 큰절을 올렸다.

그러자 어머니가 대추와 밤 등의 과일을 쌓아 만든 고임 중 대추와 밤을 집어 이미 치마를 활짝 펼쳐들고 있는 며느리에게 던지며 말했다.

"아들 열만 해매다 쑥쑥 낳고, 다복(多福)하게 살아라!"

신부에게는 큰 부담이 되는 말을 어머니는 서슴없이 하시고, 신부는 부담을 느낄 새도 없이 어머니가 던져주는 대추와 밤을 하나라도 놓칠까, 치마를 크게 벌려 받느라 정신이 없었다.

그런데 왜 하필 그 많은 과일 중에서 대추와 밤을 폐백 시에 던져 주었을까?

대추는 한자로 조(棗)자를 쓰고, 밤은 한자로 율자(栗子)다. 그러니까 대추와 밤을 합하면 '조율자(棗栗子)'가 된다. 중국음으로는 '자오리쯔'로 읽는데, 그 소리가 조립자(早立子)이니 '일찍(早) 아들이 서기를 바란다.', 즉 빨리 아들을 낳으라는 의

미였다.

또한 중국 옛 서적에는 조(棗)가 조(早)와 음이 같으므로 부지런하여 아침에 일찍 일어나라는 뜻이고, 밤(栗)은 두려워한다는 뜻의 율(慄)자와 음이 같아, 항상 조심하고 두려워하는 마음으로 몸가짐을 바로 하라는 뜻이 담겨 있다고 설명하기도 한다.

아무튼 폐백마저 끝낸 병호는 이틀을 더 자신의 집에 머물다 셋째 날에는 벌써 한양으로 향하고 있었다. 이때는 이미 실제 작두 샘도 완성이 되어 기술자들은 모두 한양으로 돌아간 상태였다.

못내 서운해 하시는 어머니와 쉽게 물을 긷게 된 하녀의 그 어느 때보다 공손한 인사를 등 뒤로 하고 병호는 한양을 향해 떠났다. 당연히 신부와 함께였다.

가는 길에 처가에 들러 하룻밤을 더 묵은 병호는 닷새째 저녁에는 벌써 자신의 한양 집에 들어 있었다.

병호는 이튿날부터 잔치 준비를 시켰다. 그리고 사흘째 되던 날에는 김 좌근을 비롯한 안동 김문의 친척들과, 연구원 교수 등만을 불러 조촐하게 다시 한 번 잔치를 벌였는데, 이번에는 지홍과 함께였다.

그런데 이날 아주 웃기지도 않은 일이 발생했다. 그 주인공은 연구소 교수로 재직 중인 정수동이었다. 잔치가 끝나고 모두 돌아가는 데도 돌아가지 않던 정수동이 병호에게 특별 청을 넣었다.

"잔치 술 남은 것 있으면 한 말만 주시오."

익히 그가 애주가임을 잘 알고 있는 병호가 군말 없이 남은 안주와 함께 술 두 말을 내주도록 분부를 내렸다.

그러고 나니 그가 술 두 말을 가지고 갈 수 없을 것 같아 장쇠를 불러 특별히 명을 내렸다. 술 두 말과 안주를 꼭 그의 집에 들여 주고 오라고. 이에 힘이 장사인 장쇠가 술 두 말은 물론 푸짐한 안주까지 지게에 지고 정 수동의 뒤를 따라 대문을 나섰다.

그렇게 두 사람이 집을 나서 수표교 근처에 이르렀을 때였다. 앞서가던 정수동이 돌아서서 장쇠에게 말을 걸었다.

"아무래도 무겁지?"

"견딜 만합니다."

아무리 힘이 장사라 하나 오랫동안 무거운 짐을 지고 걷는다는 것은 지치게 마련이었다.

"일단 여기다 내려놓게."

이에 의아한 생각이 든 장쇠가 정수동에게 물었다.

"교수님 댁이 여깁니까?"

"여기건 아니건 자네가 힘들어 하는 것 같으니 내 고생을 덜어주지. 일단 내리시게."

"그럼, 잠시 쉬었다가는 것으로 하죠."

장쇠의 말에 피식 웃은 정수동은 장쇠가 지게를 받쳐놓자 그에게 명했다.

"여러 소리 하지 말고, 어느 집이든 들어가 사발 하나만 빌려오시게."

"사발은 왜⋯⋯?"

"여러 소리 하지 말랬지?"

정수동이 눈을 부릅뜨자 장쇠는 어쩔 수 없이 여러 집을 전전하다가 마음씨 좋은 집에서 사발 하나를 빌려다 그에게 건네주었다. 그러자 정수동은 득달같이 술통으로 달려들어 그때부터 걸신들린 사람처럼 술을 마시기 시작했다.

지나가는 행인도 많았으나 막무가내로 거리에서 술판을 벌이기 시작한 것이다. 그렇게 일각이 지났을까 정수동은 큰 취기 없이 어느새 술 한 말을 다 비웠다. 그러나 안주는 별로 줄지 않았다.

이 모습에 장쇠가 기가 차지도 않다는 표정으로 바라보며 이제는 그만 마시겠지 생각하는데, 그게 아니었다. 다시 두 말째 달려드는가 싶더니 배가 무슨 바다라도 되는지, 끝내 술 두 말을 다 마시고 끅끅거리고 있으니, 어지간한 장쇠도 질려버리지 않을 수 없었다.

그러고 나니 이제 안주만 남았다. 그래서 장쇠가 안주나마 그의 집에 들여 주려고 지게를 지려고 하니, 정수동은 이 마저 만류하고 지나가는 사람들에게 안주를 나누어주기 시작했다. 그러자 순식간에 안주마저 동이 나고 말았다. 그러니 장쇠는 하릴없이 빈 지게를 지고 돌아올 수밖에 없었다.

장쇠로부터 이 이야기를 들은 병호는 다음부터 정수동이 술자리를 제의해 오면 아예 피해 버렸다. 정수동의 기행은 여기서 끝난 것이 아니었다. 김정희마저 인정한 그의 시재(詩才)만큼이나 그는 술과 재담으로 많은 일화를 남겼다.

어쨌거나 그의 생은 방일(放逸)과 초탈(超脫)로 일관했으며, 부정한 재물은 술로 씻어야 한다면서 통음(痛飮)하며 세상을 조롱하다, 지천명(知天命)이라는 나이에 술을 끊지 못한 채, 과음으로 학을 타고 진애(塵埃)를 훨훨 벗어났다.

아무튼 병호가 이날 오후 양지홍과의 초야(初夜)'에 대한 기대로 들떠, 일각이 여삼추같이 길게 느껴지고 있는데 전혀 예기치 못한 일이 벌어졌다.

유학생 중 병호의 특명에 의해 아마존 셀바스 지역으로 고무나무 씨앗을 구하러 갔던 두 명 중 한 명이 나타난 것이다. 병호가 30명의 유학생 중 모험심과 용기가 뛰어난 자를 선발하기 위해 고심하던 2인 중 한 명이었던 것이다.

그의 예기치 못한 출현도 놀라웠지만 더욱 놀라운 것은 두 명이 아닌 한 명의 귀국에 당혹해 병호가 그 학생 즉 인성룡에게 물었다.

"다른 한 명은?"

"흑흑……! 죽었습니다."

"뭐라고?"

병호가 깜짝 놀라 무의식적으로 반응하는데 인성룡이 말했다.

"하늘이 안 보일 정도로 빽빽하게 들어선 나무도 나무지만, 모기 등 수많은 해충에 찌는 듯한 더위 등 너무나 악조건이었습니다. 결국 풍토병에 죽고 말았습니다. 그러나 저는 끝내 성공했습니다."

"흐흠……!"

인성룡이 성공했다니 크게 기뻐할 일이었으나, 기뻐하기에는 한 명의 희생이 너무 가슴 아팠기 때문에, 병호는 선뜻 그를 칭찬해줄 수 없었다.

"그래, 얼마나 구했느냐?"

"200개 정도 됩니다."

"생각보다 많이 구했구나! 물론 씨앗이겠지?"

"네!"

"흐흠……!"

침음하며 잠시 생각에 잠겼던 병호가 물었다.

"어느 선편을 이용했느냐?"

"대서양을 횡단해 다시 파리 외방전교회로 돌아왔더니 그곳에서 네덜란드 상인의 선편을 주선해 주어 귀국할 수 있었습니다."

"그럼, 화란 상인들은 강화도에 있겠구나!"

"네, 기왕 온 것 조선 제품을 유럽으로 실어간다고……."

"올 때도 빈 배로 오진 않았겠지?"

"네, 설비 등 무언가가 잔뜩 실려 있었습니다."

"그런 일이 중요한 게 아니고 네 성공을 크게 축하하고 칭찬해야 하나, 인월의 죽음으로 그러지 못해 미안하구나!"

"별말씀을 다 하십니다."

"아무튼 인월의 죽음은 가슴 아프지만 그 부모에게라도 풍족히 보상해 줄 것이야. 하고 너는 원하는 것이 있으면 무엇이든 말해라. 우선 시장할 테니 식사부터 하고."

"감사합니다."

성룡이 꾸벅 고개 숙여 감사를 표하자 병호는 장쇠에게 그를 데리고 접대토록 하고 곁에 있던 홍순겸에게 급히 지시를 내렸다.

"홍 부장은 즉시 강화도로 출발해 금번에 들어온 화란 선편을 지체토록 해주시오. 나를 만나보고 떠나도록 해달란 말이오."

"알겠습니다. 사장님!"

주지하다시피 홍순겸은 병호가 금번 혼례를 치르기 위해 강경에 내려갔을 때 특별히 장인에게 부탁해 데리고 올라온 사람이었다. 그런 그에게 병호는 초창기 그가 고생한 것은 물론 장인의 집에 끼친 지대한 공로를 생각해, 이파와 같은 부장 지위를 내렸다.

홀순겸이 즉시 말을 타고 떠나자 병호는 자신의 방으로 들어와 혼자 생각에 잠겼다. 그런 그의 머리에 떠오른 것은 그가 두 사람을 아마존에 파견하게 된 배경이었다.

병호가 사업을 다각도로 구상할 때 고무를 빼놓고는 산업이 제대로 발전할 수 없음을 알았다. 그러나 고무는 이 당시 아마존의 셀바스 지역에서만 생산되고 있었다.

천연 상태로 자생하고 있는 고무나무에서 일부 부족이 채취해 세계 시장에 나오고 있으니 그 값이 매우 비쌈은 물론, 이를 무시하고 수입을 하려해도 거리가 너무 멀었다.

그래서 생각한 것이 1876년 어느 영국인이 이 고무나무 씨앗을 몰래 빼돌려 이를 동남아에 식재한 결과, 오늘날 천연고무의 90% 이상이 이 동남아에서 생산된 것과 같이 그렇게 해보자는 것이었다.

그러자면 고려 말 문익점이 중국에서 목화씨를 빼돌렸듯이 죽음을 불사하고 이에 뛰어들 인재가 필요했기에, 엄선에 엄선을 거듭해 파견한 인재들이 기존의 두 학생이었던 것이다.

그런데 한 명은 애석하게도 죽고……. 여기서 빠르게 생각을 전환한 병호의 머리에는 고무나무에 대해 생각이 미쳤다. 고무나무는 누구나 아는 바와 같이 열대 식물로 조선에서는 상품성 있는 작물로 키울 수가 없었다.

따라서 구해온 씨앗을 동남아 그것도 인도네시아나 말레이 쪽에 식재를 해야 했다. 병호가 꼭 두 나라를 떠올리고 있는 것은 고무나무 씨앗을 빼돌린 영국인에 의해, 월남이나 섬라(暹羅: 태국) 쪽에도 심어봤으나, 무슨 일인지 그곳에 식재한 고무나무는 전부 죽어버렸다.

따라서 병호는 군이 모험을 할 필요가 없기 때문에 두 나라를 떠올린 것이다. 아무튼 생각이 여기까지 미치자 병호는 또 하나의 근심을 안게 되었다.

어떻게 하면 두 나라 쪽에 고목나무 씨앗을 심어 상품 작물로 키워내느냐 하는 것이었다. 그래서 화란 상인에게 정보를 얻기 위해 일단은 출항을 억제시켰지만 후속수단이 강구되어야 했다.

병호는 이 문제를 가지고 고심에 고심을 거듭했다. 그런 그가 단안을 내렸는지 자리에서 벌떡 일어났다. 그리고 곧 밖으로 나와 호위 무사들에게 입궁 준비를 시켰다. 그리고 장쇠를 불러 지시했다.

"신치도에 있는 인월의 부모에게 1,200냥을 보상금으로 지급하고, 충분한 위로의 말을 전하도록 해."

"지금 즉시 말입니까?"

"그래."

"알겠습니다. 나리!"

그가 사라지자 병호는 두 명의 호위 무사와 함께 궁을 향해 출발했다. 가며 병호는 1,200냥이 보상금으로 충분한가에 대해 생각을 했다. 1,200냥이면 아무리 비싼 논이라도 60마지기는 살 수 있는 돈이므로 부족하지는 않다는 결론에 이르렀다.

지금과 같이 인권이 발달한 시대가 아닌 당시에 그런 거금을 보상금으로 준다는 것은 파격에 파격이었지만, 남은 어떻게 생각하든 자신의 양심에 비추어 그 정도는 주어야겠다고 결심한 것이다.

아무튼 3각 후 궁에 도착한 병호는 대전 밖에 서 있던 내관에게 이야기 해 주상과의 독대를 신청했다. 그러나 금방 독대는 이루어지지 않았다. 안에서 누굴 만나고 있는 모양이었다.

그래서 병호가 2각 정도를 기다리니 주상으로부터 들어오라는 명이 떨어졌다. 병호가 전각 안으로 들어가 빠르게 안을 훑어보니 다른 대신은 아무도 없고 주상 혼자만이 의젓하게 용상에 앉아 자신을 기다리고 있었다.

이에 병호가 급히 부복하며 문안 인사를 드렸다.

"강녕하시옵니까? 전하!"

"물론. 경은 신수가 더 훤해진 듯하군."

"얼마 전 소신도 혼인을 하여 이제 어엿한 어른이 되었나이다."

"하하하……! 경하할 일이로구나! 헌데 서운한 걸. 왜 과인에게는 미리 알리지 않았느냐?"

"딴에는 검소하게 치른다고 주변에 일절 알리지 않았습니다. 했더니 주변의 원성이 자자하여 비로소 오늘 국수 한 그릇씩을 내었습니다."

"하면 바쁠 텐데 무슨 일로 과인을 보자고 했는고?"

"소신이 아무래도 국외로 좀 나가야 할 것 같아서……."

"좀 더 자세히 고하시게."

"네, 전하!"

"전하도 아시는 바와 같이 근간에 우리의 우수한 상품들이 쏟아져 나와 청국은 물론 저 멀리 양이들까지 많은 상품을 판매하고 있질 않습니까?"

"과인도 들어 대충은 알고 있다. 헌데 그것이 경이 해외로 나가는 것과 무슨 상관이 있는 고?"

"우리가 개발한 상품을 더 많은 나라에 팔아먹고자 함입니다. 그러자면 소신이 여러 나라를 방문하여 우리의 신상품을 제대로 알리고, 더불어 전하의 위엄을 근린 제국에 떨치고자 함입니다."

"흐흠……!"

"차제에 한 발 더 나아가 근린 제국과 서로 문호를 개방하고 통상을 하면 어떨까 하는 생각에 전하를 뵈러 왔사옵니다."

"그 문제는 과인 혼자 결정할 일이 아니고 여러 대신들과 논의를 거쳐야 하는 일이니 독단할 수가 없다."

"물론 그러시겠지만 전하의 용단이 가장 중요한 것 아닙니까?"

"물론 그렇긴 하지만, 아직도 과인은 조선이 과연 개방을 해도 좋은지, 결단할 수가 없어."

"청국만 해도 우리의 우수한 제품이 다투어 쏟아져 나가니 수십 배의 출초를 기록할 것입니다. 하니 근린 제국은 모두 청국보다 떨어지는데 무엇이 두렵겠사옵니까? 단지 양이만은 아직 우리가 밀리고 있는 실정이오니, 그들에게는 먼 훗날 개항하는 것으로 하고, 근린 제국만은 차제에 개항하는 것이 옳지 않나 생각하옵니다. 전하!"

"통촉하여 주시옵소서!"

"청국의 돌아가는 상황은 어떠한가?"

"신이 예언한 대로 영국과의 전쟁에서 계속 밀리고 있사옵니다."

"허허, 거참, 큰일이로구나!"

"그런 일을 당하지 않으려면 미리 힘을 길러야 하옵고, 그 첩경은 해외 교역을 통해 우리의 우수한 제품을 팔아 국부를 축적하는 길이옵니다. 전하!"

"일단 경의 뜻은 알겠다. 과인이 대신들과 논의하여 조만간 결론을 낼 것인즉 기다리도록."

"성은이 망극하옵니다. 전하!"

사은한 병호가 물러갈 뜻을 피력하려는데 주상 환이 물었다.

"경이 말하는 나라는 정확하게 어느 어느 나라를 지칭하는 것이냐?"

"왜, 유구, 월남, 섬라, 비율빈(比律賓: 필리핀), 브루나이 왕국 등이옵니다. 전하!"

"그 나라들은 어떤가? 우리 조선보다 잘 사는가?"

"조선과 엇비슷하거나 조금 못 삽니다."

"하면 크게 두려워할 일은 아니로구나."

"그렇사옵니다. 전하!"

나이가 들어갈수록 점점 위엄을 갖추어 가는 환의 지난번과는 다른 완연한 반말에 병호는 기분이 상할 만도 하나, 지금 그에게는 그것이 중요한 것이 아니었다. 어떻게든 자신이 언급한 나라들과 외교 관계를 맺어 자신이 개발한 상품을 보다 수월하게 판매하고픈 마음뿐이었다.

"경의 뜻은 잘 알았으니 오늘은 이만 물러가라."

"성은이 망극하옵니다. 전하!"

곧 절하고 희정당을 벗어난 병호는 그 길로 바로 김좌근을 찾아갔다.

오늘 병호의 잔치에 참여하느라 입궐하지 않은 그였기에 바로 그를 만날 수 있었다. 병호를 본 좌근이 놀란 음성으로 물었다.

"아니, 오늘같이 바쁜 날 새신랑이 어쩐 일인고?"

"긴요한 일이 있어 찾아뵈었습니다."

"무슨 긴요한 일이 있기에 그래 오늘 같은 날 나를 찾는가?"

"사실은 오랜 세월 기다려왔던 일이 오늘 해결되었습니다."

이렇게 운을 뗀 병호는 고무나무에 대해 자세히 이야기를 하고, 차제에 근린 제국과 통상을 해야 한다고 강력히 주장했다. 그리고 말미에 그를 흔들 수 있는 말로 맺었다.

"소질과 아저씨가 처음 구상한 대로 입헌군주제를 이룩하기 위해서는 가문의 부가 절대적으로 필요한 바, 이는 근린 제국과의 통상이 필수적입니다. 따라서 우선 문중의 중지를 모으고, 이 뜻이 문중의 어른들에게 설파되어, 그들이 또 여러 대신들을 회유하면 금번에 반드시 뜻을 이룰 수 있을 것입니다."

"좋네. 내 당장 문중 회의를 소집하도록 하지."

"노파심에서 말씀드립니다만, 입헌군주제를 꺼내시면 안 됩니다."

"내가 어린앤가?"

"잘 부탁드리겠습니다."

"걱정 말라고."

"그럼 소질은 이만……."

"그래, 바쁠 텐데 어서 가봐."

"네."

이렇게 해서 김좌근의 집을 물러나오면서도 병호는 주상과의 독대사실을 언급하지 않았다. 괜히 오해를 살 수도 있고, 그들 딴에는 시건방져 보일 수도 있는 일이므로 언급을 삼갔던 것이다.

아무튼 김좌근의 집을 나온 병호는 벌써 어둑어둑했지만 이를 무시하고 곧바로 추사 김정희의 집을 찾아 그의 조력을 부탁했다.

이에 김정희 역시 뜻을 같이하기로 함은 물론 만약 통상사절단을 구성한다면 그 구성원의 한 명까지 추천하는 적극성을 보였다.

이렇게 하다 보니 어느새 시간이 꽤 흘러 통행금지 시간인 인정(人定)이 가까워지고 있었다. 그러나 병호는 전혀 근심하지 않았다. 이미 궁궐을 마음대로 출입할 수 있는 무시통행증까지 있는 마당에, 어찌 순라꾼들의 임검(臨檢)을 두려워하랴.

따라서 병호는 가슴을 활짝 펴고 보무도 당당히 한양 거리를 활보하고 있었다. 그러다 병호는 집이 머지않은 곳에서 조족등을 만났다.

조족등은 순라꾼이 야경을 돌 때 사용하던 등으로, 대나무로 빗금 형태의 틀을 세우고 한지를 여러 겹 붙여서 만들었다.

그 형태가 박과 같다하여 '박 등'이라고도 하는 것으로 멀지 않은 곳에 순라꾼이 있다는 것이나, 병호는 겁 없이 오히려 그쪽으로 접근했다. 그리고 선수를 쳐 큰 소리로 말했다.

"수고한다!"

"아, 네네!"

"별일 없지?"

"네, 네!"

"그럼, 수고하도록!"

"아, 네!"

너무나 당당한 병호의 태도에 보내놓고 무언가 이상함을

느끼는 멍청한 순라꾼들이었다.

그러나 병호는 그게 중요한 것이 아니었다. 족두리도 벗지
못하고 자신을 기다리고 있을 지홍이 걱정되어 자연스럽게 걸
음이 빨라졌다.

『조선의 봄』 4권에 계속…